La tache de vin

SERGE DALENS

LE PRINCE ERIC III

La tache de vin

roman

Illustrations de *Pierre Joubert*

FRANCE LOISIRS
123, boulevard de Grenelle, Paris

« ... Nous méritons toutes nos rencontres, elles sont accordées à notre destin et ont une signification qu'il nous appartient de déchiffrer... »

Mauriac

Pour
Bamby
et pour
Alain

Édition du Club France Loisirs, Paris,
avec l'autorisation des éditions universitaires

ISBN 2-7242-2355-1

Première Partie

LA RENCONTRE

1

VOITURE 7 – LIT 12

Le garçon courait à perdre haleine. La sueur coulait sur son front, mouillant ses tempes, collant ses cheveux rebelles. Son sac, soutenu par des courroies trop longues, tambourinait sur ses reins.

Il fonçait droit devant lui, bousculait sans égards les messieurs distingués ou les vieilles dames embusquées sous leurs pépins. La pluie le piquait au visage, parfois si drue qu'elle l'obligeait à fermer les yeux. La peur de manquer le train lui retournait le cœur. Enfin, les lueurs du métro apparurent dans la nuit. Il dévala les escaliers, prit un billet au vol et pour être sûr de ne pas voir le portillon se fermer sur son nez, attrapa le sens interdit. Un cri de rage lui échappa lorsqu'il pénétra sur le quai : le feu rouge, signalant le récent passage d'une rame, ne s'était pas encore éteint.

Il s'écroula sur la banquette, regarda sa montre. Plus que dix-sept minutes avant le départ du train. Et encore, à condition que sa montre ne retardât point. Arriverait-il à temps? Si les autres partaient avec son billet, il ne pourrait pas les rejoindre, puisqu'il n'avait rien en poche. Ah! La Cousine, quelle rosse, quelle sale rosse! Pire que ça même : la dernière des rosses, voilà ce qu'elle était, oui, la dernière.

Il se leva et frappa du pied. Sa bouche tremblait. Il se pencha sur les rails, scrutant le tunnel pour voir si le métro se décidait. Mais il n'apparaissait toujours pas et les minutes fuyaient. Rémy était seul sur le quai. Ligne secondaire, station sans importance. Maintenant il n'avait plus le temps de changer à l'Odéon et au Châtelet. Il fallait continuer jusqu'à Austerlitz, et de là gagner à pied la gare de Lyon.

– Je vais le rater, c'est sûr! Et dire qu'avec un taxi, je serais déjà arrivé!... Ah, la rosse, la sale rosse!

Il monta dans le dernier wagon, accrochant les voyageurs avec son sac, décoiffant une bonne femme entre deux âges. Ses yeux ne quittaient plus sa montre. Le convoi se traînait entre les stations, les gens n'en finissaient pas de descendre et de monter. Entre *Cardinal-Lemoine* et *Jussieu,* il y eut une longue minute d'arrêt. Rémy ne put retenir un gémissement. Neuf heures sonnaient lorsqu'il sortit du métro, dans la cour d'arrivée de la gare d'Orléans. La nuit lui parut encore plus noire et la pluie plus intense. Son train partait dans douze minutes. Il fallait courir sans s'arrêter... Ses souliers ferrés, glissaient sur le macadam, son sac ralentissait sa course. Il sauta si malencontreusement un refuge, qu'il s'étala de tout son long dans le ruisseau. Un déluge d'imprécations lui échappa : sous le choc, une bretelle du sac s'était rompue. Impossible de réparer sur place. Il fallait équilibrer la charge à la main.

– Maintenant, c'est fichu! Même plus la peine de courir...

Il n'en continua pas moins de foncer vers la gare de Lyon. Sa tour dominait le quartier. La gigantesque horloge lumineuse marquait neuf heures sept.

Tête baissée, Rémy traversa le quai en direction du pont. Il allait l'atteindre, lorsqu'un bruit de freins le rejeta en arrière.

– Imbécile, lui cria le chauffeur, tu ne peux pas faire attention?

Le taxi portait des skis sur son toit. Au lieu de s'excuser, Rémy demanda :

– Vous n'iriez pas à la gare de Lyon, par hasard?

Dites, vous ne voudriez pas me prendre? Autrement, je rate mon train...

Il haletait, échevelé, suant, couvert de boue.

Le chauffeur allait l'envoyer à tous les diables, lorsque la portière arrière s'ouvrit...

– Montez, fit une voix fraîche.

Rémy balança son sac et se laissa choir sur la banquette. La voiture repartit aussitôt.

Il distinguait mal les traits de son interlocuteur. Un jeune garçon sans doute, au col relevé et au béret rabattu sur les yeux : une seconde, une masse de cheveux blonds fut éclairée par un lampadaire.

– A quelle heure votre train? reprit la voix.

– Neuf heures douze...

– Bigre! Et pour où?

– Moutiers.

– Moutiers? Mais il y en a un autre à vingt-sept!

– Vous êtes sûr?

– Certain. C'est le mien.

– Si mes amis ne m'ont pas attendu, c'est fichu.

– Pourquoi? Prenez le second.

– Impossible. Je n'ai pas de billet.

La voix marqua une légère hésitation avant de proposer :

– J'en ai deux : prenez-en un. De toute façon, vous ne resterez pas sur le quai.

– Mais je n'ai pas de quoi vous payer!

– Sans importance. Je vous assure : je cherchais quelqu'un à qui l'offrir. Dépêchez-vous, vous aurez peut-être le premier...

Rémy se retrouva sur le trottoir, son sac passé sur l'épaule droite, un billet dans sa main gauche. Il repoussa un porteur qui s'agrippait déjà à son bagage, fonça vers le contrôle des Grandes Lignes, où lui avaient donné rendez-vous Philippe et Christian. L'attendaient-ils encore? La gare n'était qu'une fourmilière de souliers à gorge et de skis.

Bousculant tout sur son passage, cherchant éperdument des yeux ses camarades, Rémy atteignit le contrôle sans avoir aperçu ceux qu'il cherchait. Ils s'étaient sûrement lassés d'attendre. Le garçon tendit machinalement le billet qu'il avait à la main, et se retrouva dans le petit hall qui précède les voies 13 à 21. Sur la 19, un train commençait de rouler.

– Est-ce celui de Moutiers? jeta Rémy à un employé.

– Sais pas. Adressez-vous à un contrôleur...

– ...Oui, oui, c'est celui-là. Dépêchez-vous, jeune homme! Vous allez le rater.

Il fit un effort surhumain. Sa main se tendait vers l'ouverture du fourgon de queue. Le conducteur le regardait, paisible, sans chercher le moins du monde à l'aider. Il allait saisir la barre d'appui, lorsqu'il se sentit violemment tiré en arrière. Il rua vainement des quatre fers.

Deux bras vigoureux l'avaient saisi à la taille et l'empêchaient d'avancer. Déjà le train prenait de la vitesse. Le fourgon défila et la lanterne rouge passa, solennelle, devant ses yeux. Les bras relâchèrent leur étreinte. Fou de colère, Rémy se retourna, les yeux injectés de sang, l'injure à la bouche :

– De quoi vous vous mêlez, ça vous regarde?

– Espèce d'idiot, tu tiens à te faire amocher définitivement?

– Ah! Christian! C'est toi!... Tu n'es donc pas parti?

– Faut croire que non. Bien obligé d'attendre Monsieur, puisqu'on a son billet. Le métro de Monsieur est sans doute resté vingt minutes sous un tunnel?... Quoi? Oh, fais pas cette bouille-là, mon vieux, le Roi n'est pas mort!

– Y a un autre train dans dix minutes...

– Je vois que t'as quand même pris le temps de te renseigner. Parfait! Alors, essayons de nous hisser dans le second.

– Et Philippe?

– Nous le rejoindrons à Laroche. Le vingt-sept est un

rapide qui part après et arrive une heure avant. Il faudra simplement payer un supplément, car il n'y a que des premières et des wagons-lits. Enfin, on verra bien...

– J'ai déjà un billet pour ce train-là. Attends, je vais voir dans quelle classe...

– Un billet? D'où le sors-tu?

– Toute une histoire. Un type que j'ai rencontré. Je t'expliquerai ça tout à l'heure. Tiens, regarde, c'est un wagon-lit!

– Montre... Oui, et de première, encore! Ben, mon vieux, c'est au moins un acteur de cinéma ou un milliardaire américain, ton type. Comment s'appelle-t-il? Bretteville... Connais pas! C'est encore une idée des *Wagons-Lits,* ça, de coller le nom des gens sur leur billet... Attends, quel est ton wagon? *Voiture* 7, *lit* 12. Voilà le train, voiture 8, voitures 5, 9, 15, ils ne peuvent évidemment pas les mettre dans l'ordre, ça les fatiguerait, 13, 20, 7. Ça y est. Présente ta fiche au conducteur et grimpe là-dedans. Je te suis.

– Bretteville... fit l'employé au curieux képi marron. C'est vous qui êtes avec le jeune homme qui est monté tout à l'heure? Il m'a dit de fermer la porte de communication. Votre bagage, Monsieur, s'il vous plaît? Pas de skis, non?... Monsieur, Votre billet, je vous prie...

– J'accompagne Monsieur jusqu'à son compartiment...

– Très bien. Lit 12, au milieu du couloir.

Rémy n'avait jamais mis les pieds dans une voiture de luxe. Il n'osait avancer, tout ensemble ravi et gêné. Christian le poussait devant lui, souriant à ceux dont Rémy écrasait consciencieusement les extrémités. Presque tous les compartiments étaient ouverts. Les lits étaient faits, les valises et les sacs placés dans les filets, des livres, des journaux posés sur les tablettes. Une odeur d'eau de Cologne et de tabac anglais imprégnait la voiture. Toutes sortes de gens encombraient le passage, mais surtout des skieurs aux blousons de peau et aux fuseaux irréprochables.

Les garçons dépassèrent la cabine 11. La porte donnant sur le couloir était fermée, tout comme celle de communication avec la 12. Juché sur un tabouret, un employé disposait le sac dans le filet. Christian le laissa sortir, invita Rémy à prendre possession de son royaume, entra derrière lui et claqua la porte.

Vernis!... Mais j'ai eu chaud! Toi aussi, d'ailleurs. Tu ferais pas mal de te passer un peu d'eau sur la figure avant de te coucher. Mon pauvre vieux, tu coules comme une fontaine!

Affalé sur la couchette, suant comme un cheval et rouge à faire peur, Rémy n'avait pas encore retrouvé son souffle.

C'était un garçon de treize à quatorze ans, grand et maigre, à la figure osseuse, aux gestes brusques. Ses cheveux châtains lui retombaient sur les yeux, des yeux bruns adoucis par de longs cils noirs. Une silhouette déjà virile, habituellement accoutrée de vêtements tristes, trop étroits et trop courts. Son costume de ski appartenait à Christian, ses chaussures à Philippe. Son sac était celui d'un scout facilement arrangeant. Renfermé, crispé, malmené par la vie, sans argent, sans amis, rien en lui n'attirait spécialement la sympathie.

– Et dîner? Tu y as pensé?

Rémy fit non de la tête. Comme s'il avait seulement pu en être question! D'ailleurs, il n'avait pas faim. Il crevait de chaud. Sa chemise était trempée. Mais il ne dit rien à Christian, qui, une fois de plus, fut obligé de tout deviner.

– Écoute, tu vas te pieuter tout de suite, et à Laroche, je te passerai quelque chose.

– Je reste ici?

– Dame! Puisqu'on t'a offert un wagon-lit, autant en profiter. En partant, je dirai au garçon de te réveiller et tu nous attendras à Moutiers. Maintenant, couche-toi. Je cherche le contrôleur pour me faire supplémenter, et au retour, tu me raconteras ton aventure.

Christian mit vingt bonnes minutes à trouver le contrôleur, pour lui expliquer son cas. C'était un excellent homme, qui ne lui réclama rien du tout, hormis la promesse formelle de changer de train à Laroche (1). Quand il regagna la cabine de Rémy, le rapide dépassait Brunoy. Le garçon avait ouvert la glace, et des gouttelettes de pluie tombaient sur le verre de la tablette. Les bras repliés sous la tête, Rémy paraissait réfléchir. Un pli barrait son front.

Christian s'installa en tailleur sur la couchette, et annonça :

– Vas-y, mon fils, je t'écoute.

– C'est simple. *Elle* a tout fait pour que je ne puisse pas partir. J'ai recommencé trois fois ma version latine. La première fois, il y avait trop de fautes, la seconde c'était mal écrit. A huit heures et demie, j'étais encore à la maison. Je lui ai demandé de quoi prendre un taxi, *elle* n'a jamais voulu. J'ai raté un métro. Alors, au lieu de courir les correspondances, je suis allé directement à la gare d'Austerlitz, et de là, à pied jusqu'à la gare de Lyon. En route, j'ai manqué de me faire renverser par une auto. J'ai demandé si elle n'allait pas à la gare de Lyon, on m'a répondu que oui et on m'a dit de monter. Dedans il y avait un gosse. Je crois que c'est un garçon, mais je n'en suis pas sûr, car on n'y voyait rien dans cette bagnole. Bref, j'ai dit que je partais pour Moutiers, et lui aussi. Alors, comme j'avais peur de louper le train et que je n'avais pas de billet, il m'en a donné un, disant qu'il cherchait quelqu'un à qui l'offrir. Et c'est tout. Je n'ai même pas vu la tête qu'il avait.

– C'est certainement un garçon, puisque l'employé t'a parlé d'un jeune homme. Ce n'est même pas difficile de savoir son nom : Bretteville, sans doute. Tu t'en assureras auprès du contrôleur. Mais il serait poli d'aller le remercier.

(1) Aujourd'hui, les rapides ne s'arrêtent pas avant Dijon.

Je vais le faire tout de suite. Et puis, tu pourras toujours lui réclamer son adresse demain matin.

Christian sortit dans le couloir et frappa à la porte du compartiment voisin. Deux ou trois secondes s'écoulèrent avant qu'on ne répondît : « – Entrez ! » Il poussa le battant et s'arrêta sur place. La cabine était plongée dans la plus complète obscurité. La même voix qui avait frappé Rémy, retentit à ses oreilles :

– Excusez-moi, disait-elle, je souffre un peu des yeux et crains la lumière. C'est sans doute vous que j'ai eu le plaisir de rencontrer tout à l'heure?

– Non, c'est mon ami. Vous avez été chic de le dépanner. Il s'est couché et m'a prié de vous remercier.

– Cela n'en vaut vraiment pas la peine. A la dernière minute, ma sœur qui devait m'accompagner, a été empêchée. Votre ami a simplement hérité de son billet.

– Naturellement, vous me permettrez de le régler?

– Certainement pas. Mon père s'y opposerait.

Il y eut un silence gêné. Le garçon ne paraissait guère disposé à parler. Christian ne savait comment enchaîner.

– Je vous remercie encore, dit-il. J'espère avoir le plaisir de vous rencontrer...

– Je l'espère aussi.

– Bonsoir...

– Bonsoir.

Christian referma la porte, rejoignit Rémy. Presque aussitôt il entendit quoique assourdi, le bruit d'un commutateur dans le compartiment voisin. Il éteignit les lampes et siffla entre ses dents : un rais lumineux filtrait à travers les panneaux mal joints. L'inconnu avait donc donné – ou redonné la lumière après le départ de Christian.

– Curieux jeune homme, fit celui-ci, goguenard. Tâche de le repérer demain matin. Maintenant, tu peux roupiller. Tu n'aurais pas un bouquin, par hasard?

– Non, rien.

– Tant pis. Alors, mon vieux, bonne nuit...

Rémy se tourna sur le côté et s'endormit. Christian mit les lampes en veilleuse et s'installa sur le tapis. A onze heures, le rapide aurait rejoint l'express, Christian pourrait rassurer Philippe et s'étendre à son tour. Une heure s'écoula et le train stoppa en gare de Laroche-Migennes. Sur le quai, Philippe écarquillait les yeux, malgré la pluie glaciale. Christian lui tomba percutant dans les bras.

– Alors, il n'est pas là?

– Si, si, rassure-toi! Il continue dans le rapide et nous attendra à Moutiers. Je vais lui prendre des sandwiches, il n'a rien bouffé!

– Tu n'as pas le temps, l'express part tout de suite. On le nourrira demain, ton poulain.

– Je voudrais bien t'y voir!

– Dépêche-toi, on s'en va!

Les deux garçons sautèrent sur le marchepied et regagnèrent les couchettes supérieures d'un compartiment de troisième. Christian dévora sans honte deux œufs durs, un morceau de cake et un blanc de poulet.

– A demain les explications, avait marmotté Philippe. Je claque de sommeil. Bonsoir.

– Salut!

...Ils furent réveillés par une sorte de blancheur qui se coulait de chaque côté du store. Philippe leva le rideau et les hauteurs enneigées remplacèrent les plaines de pluie. Ce spectacle leur causait chaque fois une joie inexprimable. Ils demeurèrent un instant silencieux, puis Christian s'avisa qu'on approchait. Le train roulait dans une vallée encaissée, chenille noire au pied des monts superbes. Ils mirent leurs chaussures, bouclèrent leurs sacs. L'express s'arrêta dans une toute petite gare au toit de tuiles rouges. La sonnette du téléphone grelottait à la porte d'un bureau. Quelques jeunes gens, deux ou trois employés et autant de porteurs se groupaient vers la sortie.

Christian repéra Rémy du premier coup d'œil. Tout allait bien, le garçon n'avait pas brûlé la station. Il s'avançait vers eux avec cet air renfrogné et timide qui lui était habituel.

– Il y a de la soupe à l'hôtel d'à côté. Elle a l'air très bonne. J'en ai commandé pour nous.

– Tu as déjeuné, j'espère?

– Non, je vous attendais.

– Eh bien!... Tu dois avoir la dent!

En effet, Rémy mourait de faim. Mais il ne voulait pas l'avouer.

– Au moins, as-tu bien dormi?

– Ça, oui. Si le conducteur ne m'avait pas réveillé, j'aurais filé jusqu'à Bourg.

– Et ton sauveur? Tu l'as vu? Tu sais son nom?

Le visage de Rémy se rembrunit encore.

– Non. Il est descendu à Notre-Dame-de-Briançon, deux stations avant nous. Et je n'ai pas osé demander au conducteur.

– Alors, c'est raté! Mais qui sait, on le retrouvera peut-être. D'ailleurs, si sa sœur s'appelle Bretteville, il ne signe vraisemblablement pas Chateaubriand. Dis donc, Philippe, si on demandait des œufs au lard, après la soupe?

– Mais comment donc! Des fois qu'il y aurait aussi un bifteck bien saignant...

Ils prirent place à une grande table, à côté d'autres voyageurs. Le poêle ronflait. Le soleil apparut bientôt derrière la vitre, égayant la salle.

2

MONTJOYE

Installé dans l'électrobus, Rémy contemplait le paysage. Il n'avait guère voyagé, et ne connaissait pas du tout les Alpes. Le contraste était si grand, entre ce ciel clair, ce chaud soleil, cette neige éblouissante – et le pluvieux Paris quitté la veille, qu'il le savourait en silence, comme une joie nouvelle et inconnue. Philippe et Christian ne parlaient pas davantage, absorbés dans leurs souvenirs. La Troupe avait bâti un chalet à Moriond, où depuis plusieurs années les scouts passaient quelques jours à Noël et aux grandes vacances, mais c'était la première fois qu'ils y venaient les jours gras. Partis le vendredi soir, les garçons n'entendaient regagner Paris que le jeudi matin, juste pour se précipiter au lycée. Évidemment, Rémy serait un obstacle aux grandes courses, mais cela importait peu, puisque c'était d'abord pour lui qu'on avait arrangé ce voyage.

L'électrobus avançait lentement, car la neige se faisait de plus en plus haute. Au Carrey de Saint-Bon, des traîneaux attendaient en bon ordre, prêts à assurer la montée des bagages, voire des voyageurs, jusqu'à Moriond. Philippe reconnut le conducteur de l'un d'eux, et lui confia leurs trois sacs. Christian cherchait à démêler les skis, parmi les deux dizaines de paires que l'on descendait du toit. Il les récupéra sans trop de mal et s'installa sur le bord de la route pour chausser les siens. Philippe fit de même, et bientôt Rémy put contempler ses deux amis dans tout l'éclat de leur gloire retrouvée.

– Tout à l'heure je te les passerai, dit Christian. Il faut que tu apprennes tout de suite à marcher avec les bois.

Évidemment, Rémy n'avait pas de skis et n'en avait jamais possédé. Les garçons comptaient bien en trouver une paire à sa taille, parmi toutes celles qui étaient entreposées au chalet. Il marchait dans la neige à petites enjambées, prenant plaisir à l'entendre crisser sous ses pieds. Philippe était déjà loin devant, mais Christian, à côté de lui, se réglait sur son pas.

Mèche en bataille, col ouvert, yeux brillants, Christian respirait la santé et la joie de vivre. Au bout d'une dizaine de minutes, profitant d'un bout de terrain plat, il s'arrêta, déchaussa et régla ses attaches aux pieds de Rémy.

Depuis dix jours, le garçon attendait cet instant béni. Mais il ne pensait pas qu'il serait si difficile de retrouver l'équilibre. Il lui semblait que toute agilité, toute souplesse s'échappaient de lui, qu'il devenait un infirme aux mouvements d'automate, aux jambes ankylosées.

– Tu t'y feras vite, va, ne t'inquiète pas, disait Christian. Sois souple, n'aie pas peur et tout ira bien. Les skis ne font pas ce qui leur passe par la tête, mais seulement ce que tu leur commandes. A toi de savoir donner tes ordres. Sois tout mou sur tes jambes, plie les genoux, et porte bien le poids du corps en avant. Il ne s'agit pas de marcher, mais de glisser. Là... tu vois, ça va déjà mieux...

Rémy s'appliquait ferme, s'efforçant de suivre exactement les conseils de Christian. Il avait chaud et regardait tout le temps ses bois, craignant à chaque instant de les voir s'emmêler. Près de lui, Christian comptait les chutes, le laissait se remettre debout tout seul et lui prodiguait force sourires encourageants. A un tournant du chemin, ils aperçurent Philippe, dévalant vers eux à toute allure. Affolé, Rémy, qui tenait le milieu de la piste, voulut se ranger, s'empêtra et s'aplatit dans la neige. Philippe, qui trouvait la plaisanterie excellente, fonça sur lui et s'immobilisa brusquement dans un superbe christiania.

– Eh bien, mon fils, qu'est-ce qui t'arrive? Tu joues au serpent?

– Te moque pas de lui, fit Christian. Ce n'était peut-être pas beaucoup mieux, la première fois que tu t'es manifesté!

– Tu veux dire que c'était beaucoup moins bien! Tiens, regarde, le voilà debout. On en fera quelque chose, de ce jeune homme. A nous la Loze et le Roc Merlet!

Passé Courchevel, ils firent halte à hauteur du Réservoir, avant d'aborder la dernière montée. Le ciel était absolument bleu, et la chaleur très rude. A perte de vue, on ne voyait que la neige, la masse noirâtre d'un sapin, et les grands monts. Rémy sentait sa poitrine se dilater de joie. L'air était tout neuf, dépouillé des odeurs de la ville. Christian, qui promenait son regard sur la blancheur d'alentour, le reposa sur lui.

– C'est beau, hein?

Le garçon approuva. Sur son visage détendu passa l'ombre d'un sourire.

Ils traversèrent le ruisseau des Gravelles, enfoui sous la glace, commencèrent de grimper entre des sapins clairsemés. Mouria apparut bientôt, et sitôt après Moriond. Le chalet s'offrit à l'émerveillement de Rémy. C'était une bâtisse à deux étages, très simple, dominant la vallée, mais ceinturée de balcons, baignée de soleil et de clarté.

– Zut! fit Christian. On a oublié la clef!

– Ne t'inquiète pas, j'y vais...

Le gérant d'un petit chalet-hôtel voisin, appelé *le Clou*, entretenait la maison et en gardait les clefs. Il reçut Philippe avec son habituelle cordialité, et demanda, pratique :

– Vous déjeunez avec nous, ce matin?

– Bien sûr. Ce matin et tous les autres jours. Nous ne ferons la cuisine à *Montjoye* que le soir.

Montjoye : ainsi se nommait leur chalet. Un mât plus haut que le toit se dressait devant la porte, et à peine arrivés, ils envoyèrent la flamme verte, chargée de la croix potencée. Ils ouvrirent les fenêtres, les volets, montèrent du bois de la cave, et allumèrent le poêle dans la grande salle du rez-de-chaussée.

Deux rangées superposées de couchettes s'étendaient face aux fenêtres. Une cheminée monumentale occupait le fond de la pièce, meublée de quelques tables, fauteuils rustiques, bancs en rondins. Des lampes à pétrole pendaient du plafond, ainsi qu'une cloche à vache et des jambons. Au mur, quelques photos, un crucifix, une carte de la région, des bâtons et des skis. Rémy regardait tout avec ravissement. La pensée que ce chalet lui appartenait un peu, le remplissait d'aise, sans cependant qu'il en manifestât rien. Leur installation terminée, ils se dirigèrent vers *le Clou,* où un solide déjeuner les attendait. La table mise en plein soleil, les garçons attaquèrent l'omelette, les pieds dans la neige et les bras nus. Ils étaient indiciblement heureux, déjà grisés de cet air pur qui pénétrait en eux.

L'après-midi fut consacrée à l'instruction de Rémy. La nuit venue, tous trois se reposèrent au *Clou* devant un odorant vin chaud. Les joues en feu, l'œil étincelant, Rémy recevait les justes félicitations de ses aînés.

– On dirait que tu as fait ça toute ta vie. Je t'assure, tu n'as rien d'un débutant. Demain, on fera une petite balade, et après-demain, une vraie course.

Ils regagnèrent *Montjoye,* leurs skis sur l'épaule, glissant, riant, pestant, se rattrapant les uns aux autres. Les lampes allumées, les chaussures graissées, les skis examinés et fartés, tous trois se retrouvèrent en chaussons devant le poêle.

– Je propose qu'on prépare tout de suite le dîner, fit Christian, qu'on veille dix minutes devant la cheminée et qu'on se couche. Je tombe de sommeil.

– Pas moi, répondit insolemment Rémy. Je n'ai pas sommeil du tout.

– Dame! Tu as passé la nuit dans un palace! Aide-moi plutôt à éplucher les patates. On va faire des frites. Tu veux bien, Philippe?

– Et si je ne voulais pas?

– On en ferait quand même!

– Hein?

– Dame! Il est absolument impossible qu'un Monsieur moyennement intelligent et normalement constitué refuse de manger des frites. Or toi, tu as une intelligence supérieure à la moyenne, et tu es parfaitement constitué. Donc, tu ne peux refuser les frites. Si tu t'y opposes, c'est que tu es souffrant. Si tu es souffrant, il faut t'entourer des soins les plus attentifs et ne plus tenir compte de tes discours. Tu suis le raisonnement?

– Si je te collais mon pied où je pense, qu'est-ce que tu dirais?

– Que tu te livres à des écarts bien regrettables, ô mon Chef. Mais comme je suis bienveillant, je mettrais cela sur le compte d'un dérangement passager, que je prierais ce jeune homme d'excuser.

– Tu te fous de moi?

Christian adressa au plafond un regard navré.

– Quelle affligeante vulgarité! J'en suis tout remué... Chef, je ne saurais trop vous conseiller un sérieux examen de conscience, un repentir sincère, une réparation honorable... Comment! Des coups, maintenant!!!

– Je vais t'en coller, moi, des réparations honorables, tu vas voir ça! Allez, demande pardon, ou je t'égratigne!

– Brute!

– Peau de rat! Mal z'élevé!

– Bandit! Graine de Scoutmestre!

– Quart de Loup!...

Rémy contemplait les garçons luttant sur le parquet. Philippe était plus grand, plus mince, mais Christian fort comme un Turc. Il finit par avoir raison de son adversaire, lui fit toucher les épaules, mit un genou sur sa poitrine et attendit l'aveu du vaincu. Mais Philippe ne l'entendait pas de cette oreille.

– On n'est pas mal, ici! Préviens-moi le jour du départ.

– Grand lâche! Bénis le ciel d'avoir un adversaire magnanime, qui loin de convoquer reporters et photographes, te tend une main secourable, t'assure de son respect et sollicite humblement tes ordres. Parlez, Seigneur, votre serviteur écoute; parlez, Seigneur, votre serviteur brûle de vous servir. Tiens, regarde Rémy: ce bel ange nous croit complètement fous. Il n'a encore jamais vu ses chefs en liberté. Ça promet, tu vois!

Philippe et Christian se tenaient les côtes devant l'air ahuri du cadet.

– Tu te demandes si c'est du lard ou du cochon – pas vrai?

– Mon petit Rémy, tu es pourri de qualités, mais t'as besoin d'être dégourdi! Continue les pluches et coupe les patates, je verse l'huile dans la bassine... Dis, Philippe, comme dessert, tu veux que je fasse une crème, ou on ouvre une boîte de fruits?

– Demande à Rémy...

Assaisonné de fausses disputes, de réconciliations solennelles, de protestations de respect aussitôt démenties par les plus belles insolences, le dîner ne fut qu'un éclat de rire. Le C. P. (1) et l'Assistant déchaînés ne reprirent leur calme qu'au moment de la veillée.

Ils s'installèrent devant la cheminée, côte à côte sur une

---

(1) Abréviation courante pour *chef de Patrouille.*

couverture déployée, lampes éteintes et volets clos, fixant la flamme qui montait dans l'âtre, semblable à celles qui se dressaient au même instant dans tous les foyers du monde. Ils chantèrent doucement, à voix contenue, sur un rythme très lent, puis se levèrent, et Philippe dit la prière. Rémy remarqua que Christian avait un air extraordinairement sérieux. On l'envoya immédiatement au lit, et les aînés demeurèrent seuls devant le feu, pensifs et silencieux. Bientôt, le bruit d'une respiration légère leur apprit que Rémy s'était endormi. Dans l'œil de Christian passa une lueur impatiente.

– Alors, Philippe, on se couche ou je te raconte?

– Tu as très sommeil? Comme ça? Ça peut attendre?... Eh bien, vas-y. Je t'écoute.

– ...Tu te rappelles notre retour de Swedenborg, l'année dernière? (1) Tu m'avais confié qu'aux vacances tu devais monter à la Route (2), tandis que Lélo et moi prendrions chacun une Patrouille, si la Cour d'Honneur était d'accord. Et puis, à Pâques, tu as été malade, Alain a suivi ses parents à Toulon, moi je suis devenu C. P. du Loup. A la rentrée, la Troupe a terriblement manqué de chefs. Louis tout seul, Bernard et Robert appelés dans un autre district. Ici même, à Noël, au lieu de se reposer, Louis s'est claqué, et fin janvier, le Clan a dû te laisser revenir à la Troupe comme Assistant. A ce moment-là, tu m'as poliment complimenté sur ma Patrouille, et je t'ai dit, tu t'en souviens peut-être : « – Je vais bigrement avoir besoin de toi. Je t'expliquerai un de ces jours ce dont il s'agit, lorsque tu auras la Troupe en mains... »

– Et le temps a passé si vite, que je sais encore rien.

– Ce n'est pas drôle d'avoir un bac à préparer! Bref, je viens te trouver la semaine dernière, je bouscule tous tes projets et je t'emmène ici d'autorité avec le citoyen Rémy,

---

(1) Voir *Le Prince Eric.*
(2) Scouts aînés.

en te disant : « – Ça ne sera peut-être pas marrant, mais c'est une B. A. » (1).

– De fait, il engendre plutôt la mélancolie, ton garçon ! Où l'as-tu ramassé ?

– Attends un peu. Crois-tu qu'il y ait de l'espoir ?

– Espoir de quoi ?

– D'en faire un type bien, un boy comme Patrick, Daniel, ou François. Un scout dont on ne vienne pas nous dire : « Et celui-là, qui ressemble si peu aux autres, d'où sort-il ? »

– Tu le trouves si moche que ça ?

– Moche, ce ne serait rien. Le pire, c'est qu'il est triste, et ça le marque. Il a l'air sournois, godiche, on ne peut lui arracher trois mots de suite. Naturellement, les autres ne l'aiment pas. Et pourtant, moi, je suis sûr que si on arrivait à le rendre moins malheureux, à le délivrer de lui-même et d'une espèce de dragon dont je vais te parler, on le verrait s'épanouir et changer. Je l'ai rencontré dans le métro, imagine-toi – tu sais qu'on a quitté les Ternes pour venir habiter le septième –, je prends le tube tous les matins à Mabillon, et monte invariablement en tête de la seconde voiture. Un beau jour, je bouscule mon Rémy qui se trouvait là. Naturellement, je n'y prête aucune espèce d'attention. Deux ou trois jours plus tard, à la même place, à Cluny ou Maubert, je ne me souviens plus au juste, je me sens observé. Je tourne la tête et j'aperçois le Rémy. Bon, le lendemain, c'est moi qui regarde en montant et qui tombe sur lui. Bien entendu, il ne me disait rien et je ne lui disais rien. S'il fallait adresser la parole à tous les types qui vous regardent ! Et comme ça pendant peut-être trois semaines. Enfin, un matin, je me décide à lui dire : « – Salut ! » Il me répond : « – Salut ! », et ça ne va pas plus loin. C'était juste avant la Toussaint. Quelques jours plus tard,

(1) *Bonne Action.*

un jeudi, je vais rue des Saints-Pères voir les parents d'un louveteau qui montait à la Troupe, Henri, dit Riton, Riquet, Peau-de-Figue ou Rikiki – et dans l'escalier je me trouve nez à nez avec l'inconnu du métro, flanqué d'une invraisemblable bonne femme, genre archipunaise, toute en caraco, snow-boots et chapeau-à-plumes. Une vraie caricature. Avec ça, l'air mauvais, fallait voir! J'en reste un peu la bouche ouverte, mais je glisse quand même un sourire à Rémy. Lui aussi, il était fringué à faire peur. Un cache-nez qui faisait deux fois le tour du cou, une casquette marron, comme on en met le dimanche aux mioches de neuf ans, un paletot de marin à boutons d'or, trop court, naturellement, et des culottes lui battant les genoux. A propos de culottes, je vais te donner une idée des fantaisies vestimentaires de la Cousine. Car c'est sa Cousine. Exactement comme Charles Mac Lance et la mère Mac'Mich. Eh bien! Elle lui a fait bâtir par sa couturière une telle horreur de culotte, longue, étroite, avec des pattes dans le dos, pour venir à la Troupe, qu'un beau jour, j'ai demandé à Maman de lui en fabriquer une. Celle-là lui va bien, quoi, dedans il est comme tout le monde. Mais il est obligé de la cacher au manoir (1), de la mettre en sortie et de l'ôter avant de rentrer chez lui, pour ne pas ameuter la Cousine et se faire priver de réunion. Le reste à l'avenant... Revenons à l'escalier. Le garçon devient tomate en me voyant. La Cousine s'en aperçoit, me dévisage aussitôt, me foudroie du regard, et moi, je m'assieds sur les marches pour me tirebouchonner plus à mon aise. Pas devant elle, bien sûr, un étage plus haut, j'aurais pas voulu humilier le gars, il devait être assez embêté comme ça. Mais la vieille taupe, ces scrupules ne l'étouffaient pas! Je l'entends tout à coup glapir en bémol : « – Rémy! Tu connais ce garçon? Tu lui as déjà parlé? Où l'as-tu rencontré? Je t'ai pourtant dit cent fois

(1) Lieu habituel de réunion des scouts.

que je ne voulais pas de relations avec les voyous du quartier... » Le reste s'est perdu... Du coup, je me suis à moitié roulé sur un paillasson, tellement je me marrais. Et puis, j'ai pensé que pour lui ça devait être moins drôle... Je sonne chez Riquet, je vois les parents, le mioche, et avant de partir, je les questionne sur cette curieuse famille. Henri prend un air de catastrophe, sa mère lève les bras au ciel.

« – Mon pauvre Christian, s'il y a un garçon à qui le scoutisme ferait du bien, c'est assurément Rémy de Terny. Il vit seul avec une vieille cousine dont je ne sais pas encore si elle est plus inintelligente que méchante, ou plus méchante qu'inintelligente. Henri a fait l'impossible pour l'attirer à la maison. Mais le monstre est intraitable. Pas de patronage, pas d'amis, et surtout pas de scoutisme! Nous sommes vis-à-vis : en vingt mois, Rémy est venu goûter deux fois ici. C'est tout juste si, à treize ans passés, on ne l'accompagne pas au lycée. Encore doit-on lui calculer le temps strictement nécessaire pour s'y rendre et revenir. Cet enfant est véritablement séquestré. Et je ne vois pas le moyen d'intervenir.

« – Vont-ils à la Messe?

« – Oh pour ça, oui! Et même aux Vêpres! Plutôt deux fois qu'une!

« – Alors, le Curé doit avoir quelque influence sur le dragon?

« – Ça, je ne sais pas. Mais votre idée me paraît excellente, je pourrai me renseigner.

« – Oh, Madame, ce serait si bon à vous! De mon côté, je vais prévenir le Chef. Quant à Rémy, je le rencontre tous les jours dans le métro. Il faut commencer par lui inspirer confiance. C'est quand même lui, le principal intéressé... »

« Ainsi fut fait. Louis fut alerté, le Curé mis au courant. L'Aumônier s'en mêla et alla trouver son confrère. C'est un type bien, tu sais, le Curé de Saint-Thomas, il a tout de suite compris. Il avait remarqué la famille, il confessait la demoiselle. On se demande d'ailleurs ce que ces vieilles biques peuvent raconter, à quoi ça leur sert, puisqu'on ne les voit jamais s'amender. Toujours est-il que la dernière semaine de novembre, sur les instances répétées du Curé, auxquelles s'était jointe, paraît-il, l'intervention personnelle d'un Protonotaire Apostolique ami de la famille, la demoiselle céda, crainte sans doute d'aller rôtir en enfer, et remit le garçon à l'Aumônier venu en prendre livraison. Naturellement, j'en ai hérité. Son père mort, sa mère remariée en Amérique, c'est une vieille cousine du père, quelque chose comme sa tante à la mode de Bretagne, qui l'a récupéré. Il y a six ans que ça dure. Alors dame, le gosse est un peu martelé. Je croyais que l'atmosphère de la Troupe, l'amitié de la Patrouille, le dégèleraient, le ramèneraient peu à peu à la normale. Eh bien, pas du tout. Tel il était le premier jour, tel il demeure aujourd'hui, maussade, taciturne, renfrogné.

– Écoute, je ne suis pas d'accord. Taciturne si tu veux, mais pas renfrogné. Il paraît même heureux d'être ici. Tantôt il m'a dit, sans que je lui aie rien demandé : « – C'est chic, de m'avoir emmené avec vous... » Un détail, je veux bien, mais enfin...

– Au fond, il a peut-être beaucoup de cœur, seulement, il le cache bien. Il est discret, d'ailleurs. Il ne raconte à peu près rien de ce qui se passe chez lui. En décembre, par exemple, lorsqu'il a annoncé qu'il ne pouvait venir à *Montjoye,* il ne m'a donné aucune explication. Évidemment, je l'ai interrogé, lui demandant s'il voulait que j'aille voir la Cousine, que je fasse intervenir l'Aumônier, le Chef... Il n'a rien accepté, déclarant que tout serait inutile. J'ai réussi à savoir le fin mot de l'histoire : pas de chaussures, pas de costume, notes insuffisantes en classe, et brochant sur le tout, la terreur de sa Mère Mac-Mich de lui voir prendre la moindre indépendance. « – *Ils* disent que *le devoir du scout commence à la maison,* ricanait la Cousine, et *ils* abandonnent leurs parents le lendemain de Noël, *ils* sont absents de chez eux pour le Nouvel An! Je ne veux pas de ça chez moi, Rémy, et tu resteras ici. C'est déjà trop de te savoir en compagnie de ces petits voyous deux dimanches sur trois et le jeudi! » Car, bien entendu, nous sommes des voyous. C'est son qualificatif de prédilection, à cette bonne Cousine! Bref, j'abandonne la partie pour Noël, et décide de l'emmener ici au Mardi-Gras. J'ai fait marcher tout le monde, le Chef, l'Aumônier, le Curé, et je crois même le Protonotaire. Elle passerait par un trou de serrure pour le Protonotaire. Tu comprends, un presque Évêque, avec mitre, anneau, bougie, pantoufles, et qu'on appelle Monseigneur! Enfin, j'enlève le morceau, à condition qu'elle n'ait rien à fournir comme équipement, rien à payer, que les leçons soient sues sur le bout des doigts et les devoirs terminés. Au fond, rien à dire. Mais d'après le boy, elle a fait l'impossible pour lui faire louper son train, espérant sans doute que nous partirions sans lui. Tu comprends maintenant pourquoi je t'ai demandé de venir. Il faut profiter de ce séjour pour le sortir de lui-même. Voilà bientôt cinq mois que je le connais, et Dieu sait si je m'occupe de lui! Eh bien, j'ignore encore ce qu'il aime, ce qu'il désire, ce qu'il veut faire dans la vie. Il n'a pas un camarade, pas un ami...

Philippe réfléchissait.

– Ses épreuves de classe, les spécialités de Patrouille? dit-il enfin. Y prend-il goût, s'y intéresse-t-il?

Christian eut un geste vague.

– Je ne sais pas. Il fait ce qu'on lui commande, mais n'a aucune initiative. Il est gauche, malhabile. Je crois surtout qu'il n'a aucune confiance en lui. Moi, je ne le brusque pas. Mais il est difficile d'être toujours sur le dos des autres, pour les exhorter au calme et à la douceur. Aime-t-il sa Patrouille, se plaît-il à la Troupe, je n'en sais rien. Dans la mesure où ça le libère de la Cousine, peut-être que oui...

Mais autrement? Vois-tu, ce qu'il faudrait lui trouver, c'est un copain ou un boulot qui capte son intérêt. Au fond, il est désaxé, ce gosse, il faudrait le raccrocher à quelque chose, qu'il se sente vivre par lui-même et pas à la remorque...

Christian tisonna les braises. Philippe donna la lumière et jeta un coup d'œil sur Rémy endormi. Il retint une exclamation et dit :

– Regarde-le! Voilà le vrai Rémy, celui qu'il nous faut conquérir.

Christian se pencha sur la couchette. L'air détendu, les traits reposés, le garçon souriait. Ses pommettes paraissaient moins saillantes, son visage plus plein.

– Voilà le vrai Rémy, répéta Christian.

Et machinalement, il lui remonta sa couverture jusqu'au menton.

3

L'INCIDENT

A cinq heures précises, Rémy ouvrit la porte, et le froid se rua dans la salle. Le garçon ne put retenir un grognement :

– Brrr, fait pas chaud!

– Et dans deux heures d'ici, tu ôteras ta chemise!

– Oh?

– Tu verras... Paré, Christian?

– Paré!

– Alors, en route. Je prends la tête, Rémy me suit, et tu fermes la marche.

Ils chaussèrent leurs skis garnis de peaux de phoque. Il faisait très froid. Sous les moufles, les doigts devenaient douloureux, et leurs yeux tentaient vainement de percer la nuit opaque.

Philippe prit le départ. Le cœur battant, Rémy marcha dans ses traces. Philippe n'allait pas vite. La neige poudreuse rendait la montée difficile et il voulait tracer correctement la piste. Il avançait avec calme et régularité, s'arrêtant un instant tous les deux ou trois cents mètres pour voir si Rémy suivait. L'œil au sol, le garçon luttait contre le froid, le sommeil et l'obscurité. Il trouvait ce début fort pénible et se demandait avec angoisse s'il tiendrait jusqu'au bout. Après une demi-heure, Philippe s'arrêta et l'attendit.

– Ça va?

– Ça va.

Christian arrivait à son tour.

– A toi, dit Philippe.

La marche reprit, Christian guide, Rémy toujours au milieu.

A six heures, nouvel arrêt. Rémy avait moins froid, mais ses doigts le faisaient cruellement souffrir. Christian alluma la lampe accrochée à son blouson et éclaira le visage du petit.

– C'est dur, hein?

– Oui...

– Ouvre le bec. La Maison offre un sucre et un coup de gnole. Tu retraces, Philippe?

Ils repartirent. Le rhum avait donné un coup de fouet à Rémy qui avançait plus facilement. Ses membres se déliaient, mais ses mains lui causaient d'intolérables brûlures. Un petit gémissement lui échappait lorsqu'une aiguille plus acérée que les autres lui transperçait le bout des doigts. Pourtant, il allait aussi vite que les autres. Il attendait la montée d'Arionda – une montée vraiment très raide, l'avait prévenu Philippe – avec angoisse : ne serait-on pas obligé de le remorquer, ou, pire, de le ramener au chalet?

– Attention, cria soudain Philippe, nous y sommes!

Rémy appuya sur les genoux et commença de marcher en zig-zag. Cela lui parut rapidement moins dur qu'il ne l'avait craint, et son pas s'affermit.

Aux deux tiers de la montée, l'une de ses peaux de phoque claqua. Il se sentit brusquement déséquilibré, violemment tiré en arrière, du côté droit. Il rassembla instinctivement les jambes au lieu de se placer d'équerre, et la glissade s'accentua. Alors il se jeta résolument de côté et tomba. Christian vit une masse débouler sur lui, n'eut que le temps de s'affermir sur ses skis avant de la retenir au passage. Il releva Rémy tremblant et le rassura.

– C'est une peau qui a cédé?

– Je ne sais pas. C'est arrivé tout d'un coup, je me suis mis à descendre...

– Attends... mais oui, bien sûr. Ne bouge pas, je vais te l'arranger. Ça arrive souvent, tu sais. Faut jamais s'affoler. Il n'y a qu'à faire un quart de tour sur soi-même, déchausser immédiatement et réparer!

Christian avait déjà débarrassé Rémy de son ski, et replaçait la peau de phoque récalcitrante. La montée reprit sans encombres et l'on atteignit quelques minutes plus tard le chalet d'Arionda, simple grange, servant l'été à entreposer du foin.

Les garçons déchaussèrent et s'adossèrent au bâtiment. Cette fois, ils étaient en nage, bien qu'il fît toujours aussi froid. Christian passa la gourde et le sucre, Philippe distribua du pain et du chocolat. La nuit virait au blanc, le jour était proche. Tout à coup, une vague lueur parut sur la droite et un disque rougeâtre perça la brume : le soleil était là. Un à un les scouts émergèrent de l'ouate comme des truites de la rivière. Le ciel devint bleu marine, la chaleur fondit sur les skieurs qui avaient repris la piste. Les blousons volèrent, puis les pulls et les chemises.

– Tu vois, dit Philippe. Et il n'est pas huit heures!

Du doigt, il désigna les crêtes environnantes : l'Aiguille du Mey, l'Aiguille du Fruit, la Viselle, la Dent de Burgin, le rocher de la Loze...

– Allons lentement. En montagne, il ne faut jamais se fatiguer.

A neuf heures, ils atteignirent le Plan Mugnier, un endroit plat, agréable à traverser. Rémy se sentait merveilleusement souple et léger.

A Chanrossa, Christian empêtra ses skis dans un tournant et s'effondra dans la neige. Rémy, très fier, n'enregistrait encore que sa chute du matin. Philippe profita de l'arrêt pour réclamer une nouvelle gorgée de rhum et un peu de sucre.

– 2 546 mètres...

– Le mont Blanc a combien?

– 4 808, 4 810. Ça dépend des atlas. Tu veux y aller?

Rémy sourit :

– Quand je serai assez fort, pourquoi pas?

Ils renfilèrent leur chemise de laine, car le soleil se faisait méchant, en même temps qu'un courant d'air glacé jaillissait de la vallée des Creux.

La piste remontait, très oblique, vers le Merlet, laissant apparaître une croûte de neige gelée, qui rendait la marche particulièrement pénible. Rémy tomba deux fois, et se fit mal. Enfin, aux environs de onze heures, parvenus sur une arête rocheuse, ils plantèrent les skis dans la neige, les débarrassèrent de leurs peaux de phoques, et l'ascension commença. Escalade difficile, car les souliers non cloutés glissaient sur le rocher verglacé. Mais une fois au sommet, ils n'en cueillirent que plus avidement leur récompense. Ils contemplèrent en silence le merveilleux paysage d'alentour, ce massif de la Vanoise, avec la Grande Casse, le Peclet-Polset, et, en premier plan, l'Aiguille du Fruit, écrasante, redoutable.

Rémy était ivre de joie. Une grosse larme perla entre ses cils, que personne ne remarqua. Pour la première fois, il mordait au fruit de la liberté. Adieu Paris et la Cousine, adieu devoirs, adieu lycée. Le bonheur était là, neuf et complet. Ce souvenir, personne ne le lui ravirait. Il aurait voulu remercier ceux auxquels il le devait, mais les paroles ne pouvaient franchir ses lèvres, exprimer reconnaissance ou amitié.

– Ne bouge pas! dit soudain Christian.

Et sans avoir eu le temps de réaliser ce qui lui arrivait, deux fois de suite Rémy fut photographié.

– Voilà pour la postérité. Maintenant, les actualités. Je pense qu'on va déjeuner. Tu passes le sac, Philippe?

– Volontiers...

Sardines, réchaud, méta, thermos. Un café brûlant, largement arrosé. Et la sieste dans les rochers.

Vers deux heures, ils redescendirent aux skis qu'ils rechaussèrent sans plus attendre. Jusqu'au goûter, les aînés initièrent Rémy aux mystères du schuss, des slaloms, des dérapages, des stems et des christianias. Docile et courageux, le cadet ne craignait ni les chutes ni la fatigue. Le cheveu gris de neige, l'œil brillant, les joues vermeilles, il paraissait transfiguré par l'effort.

– Rassemblement au col de la Plata pour la descente, ordonna Philippe, après avoir distribué le dernier morceau de pain et le dernier bout de chocolat. Partez les premiers, je vous suis.

– Te sens-tu de taille à tenter une vraie descente? demandait-il à Rémy, quelques instants plus tard. Surtout, ne te force pas. C'est déjà beau pour une première course...

– Écoute, je peux toujours essayer. Si ça ne va pas, j'arrêterai.

– Bon. Tu vas marcher comme d'habitude, entre Christian et moi. Applique-toi à suivre exactement nos traces. Garde la bouche fermée et penche-toi en avant.

Philippe attacha ses peaux à la ceinture, ajusta son serre-tête, ses lunettes, salua du bâton, et prit le départ. On le vit d'abord décrire une demi-douzaine de virages, puis descendre résolument en ligne droite. Il ne fut bientôt plus qu'un gros point noir sur la neige, qui disparut soudain dans un éclaboussement doré.

– Il est tombé, dit Christian. On va le voir repartir.

Une douzaine de secondes s'écoulèrent, puis le point noir reparut, glissa à nouveau sur la piste immaculée, devint imperceptible et disparut tout à fait.

– A toi, Rémy. Eh bien... qu'est-ce que tu as? Tu es tout pâle...

– Attends une seconde, ça va passer.

– Tu as mal au cœur?

– Non... Tu te moqueras de moi, si je le dis...

– Tu as peur?

– ...Oui...

– Inutile de t'excuser. Nous y sommes tous passés. Mais il faut partir quand même. Tant pis si tu tombes. Tu feras comme Philippe, tu te ramasseras. Une fois en bas, tu en riras. Et puis, je suis là. Je descends sur tes talons. Tu penses bien que je ne vais pas te laisser te débrouiller tout seul. Allez, mon gros, du nerf!... Bravo... continue... rendez-vous en bas!

Rémy attaque le premier tournant, les dents serrées, le cœur en déroute. Le voici sur la piste qui file presque droite, le regard vissé sur les traces de Philippe. Il a peur de ne pouvoir s'arrêter à temps, peur de se tuer en tombant. Ses oreilles sifflent, ses tempes bourdonnent. Il n'ose se retourner pour regarder Christian. Il tente vainement de se raisonner, on ne discute pas avec un estomac. Mais il est solide sur ses bois et franchit sans mal plusieurs passages délicats. Dans un éclair, il aperçoit un grand brouillis de neige – la chute de Philippe – et se demande pourquoi la même chose ne lui arrive pas. Une pensée s'empare de lui, le harcèle. « – Essaye de t'arrêter, lui répète une insidieuse petite voix, essaye de t'arrêter, pour voir si tu pourras. Allons, essaye, essaye... »

Oui, il va essayer. S'il se tue, on verra bien. Il raidit insensiblement les genoux, amorce le chasse-neige. Pas de doute, il freine... Il accentue l'écartement, appuie sur le côté gauche, décrit un quart de cercle avec ses pieds, reçoit un grand coup de barre dans la poitrine, et se retrouve debout, immobile, dans un jaillissement de neige souffletée. A peine a-t-il le temps de se ressaisir, que Christian est à son côté.

– Des ennuis?

– Non, j'ai voulu voir si je pouvais m'arrêter.

– Alors, tu es rassuré?

Christian a ce sourire auquel il est si difficile de résister. Rémy lève vers lui deux yeux confiants, sourit à son tour, et reprend la piste. Il n'a plus peur. Il descendra aussi vite, aussi longtemps qu'on voudra. Il est joyeux, il est fier. Maintenant, il connaît la vie et il l'aime. Quand elle sera trop dure avec lui, il évoquera ces minutes où personne ne l'empêchait d'être heureux, et ce bonheur sera son refuge et son secret. Il voudrait descendre plus vite encore, toujours plus vite. Un homme, voilà ce qu'il est devenu – Un homme sûr de sa force et de soi-même.

Derrière la Loze le soleil disparaît. La pente décroît, la vitesse diminue. Rémy s'arrête, couvert de neige, au fond d'un cirque. Il salue du bâton Philippe qui le félicite, et Christian qui arrive avec lui. La neige passe par toute la gamme des roses et des orangés. Les couleurs s'estompent, le vent souffle, le froid surgit. Ils enfilent leur dernier chandail, avalent l'ultime morceau de sucre, inspectent rapidement leurs attaches, et repartent. C'est le second étage de la descente, qui s'étend jusqu'aux bois de Prameruel. Maintenant ils vont de plus en plus schuss sur une même ligne, chacun traçant sa propre piste. Rémy l'a demandé à Philippe qui a bien voulu y consentir.

Le froid est vif. Malgré les lunettes, les yeux rougissent. Les mains piquent. Soudain, Christian voit Rémy prendre de la vitesse. Philippe fait la même remarque et pense :

– Je parie que c'est de la tôlée...

Déjà Rémy les a largement dépassés. Philippe n'a pas eu le temps de l'avertir. Rémy retrouve soudain la neige poudreuse, ses skis s'enfoncent à quarante-cinq degrés, une spatule casse net, les ressorts jouent et le garçon, projeté à plusieurs mètres, roule trois ou quatre fois sur lui-même avant de demeurer inanimé. Les autres s'arrêtent, déchaussent, ramassent le boy et le giflent à tour de bras.

– Pourvu qu'il n'ait rien de cassé, gémit Christian, ça serait gai pour le ramener!

– S'agit d'abord de le ranimer. Il n'a sûrement pas eu le temps de réaliser... Ça y est, il a bougé, il ouvre l'œil. Te reste-t-il un peu de rhum?

– Oui... Alors, mon gars, tu fais joujou avec la neige tôlée?

Rémy sourit. C'est la troisième fois de la journée.

– De la neige tôlée? souffle-t-il.

– Comme vous le dites. Et naturellement, de la belle poudreuse après. Alors, voyez casse-gueule, et mon Rémy dans les pommes. Tiens, bois ça... encore... et maintenant, essaye de te lever. Appuie-toi sur moi. Bon, parfait. Remue les bras, remue les jambes... Môssieur est intact. Dommage... ç'aurait été tellement plus romantique de ramener un éclopé. Je vois déjà la concierge montant *Paris-Soir* à ta Cousine : « – Mademoiselle! Y a votre neveu qui s'est cassé la tête, le nez, un bras et les deux jambes en montagne! On l'a ramené vivant, mais pensez donc, le pauvre, il a les pieds gelés... on se demande s'il ne faudra pas les lui couper. – Le misérable, s'écrie la Cousine, me faire ça à moi! Ah, j'ai eu bien tort de l'abandonner à ces petits voyous! Me voilà peut-être obligée de partir, alors que Monsieur le Curé vient de me confier la Vice-Présidence d'une nouvelle œuvre de la Paroisse. Le misérable... » Comment, Rémy, vous riez? Vous osez rire? Et le respect? Et les commandements de Dieu? *« Tes vieilles Cousines honoreras afin de vivre longuement... »* On ne vous a jamais appris ça au catéchisme, non?

Cette fois, Rémy riait de bon cœur. Philippe lui-même avait peine à garder son sérieux. Christian exagérait, mais ils avaient eu trop peur, pour ne pas bousculer un tant soit peu le pot de fleurs et les principes.

Rémy s'étira. Il se sentait affreusement courbatu. Il avait froid, il n'aspirait plus qu'à retrouver le chalet. Le vent griffait. Philippe fouillait dans le sac de Christian et en sortait une spatule de rechange. A eux deux, ils firent une réparation de fortune. Rémy chaussa les skis de Christian, Christian la paire endommagée, et tous trois reprirent la descente, Philippe en tête, Rémy vingt mètres derrière, Christian fermant la marche.

– Je veux être pendu, si ça tient jusqu'au bout...

De fait, dix minutes plus tard, Christian stoppait tant bien que mal.

– Impossible d'avancer avec cette saleté...

Il tenta de serrer suffisamment les vis et repartit. Cinq minutes ne s'étaient pas écoulées qu'il perdait l'équilibre et se ramassait.

– On verra bien qui se lassera le premier, de cette mécanique ou de moi! bougonna-t-il en recommençant.

Ce fut lui. Chaussé comme il l'était, il ralentissait les autres à chaque instant. Et aller à pied, il n'y fallait pas songer.

– Attachons tes skis, proposa Philippe, et assieds-toi dessus. Je vais te tirer.

– Tu crois que ça ira?

– On va toujours essayer. Il faut bien rentrer.

Rémy claquait des dents. Il se taisait, à nouveau triste et désemparé.

– Rigole un peu, voyons! lui jeta Christian. Et prie le Bon Dieu que ça tienne.

La descente reprenait. Dans la nuit devenue noire, Philippe glissait en traçant de larges diagonales, Christian rivé à son traîneau improvisé, Rémy sur leurs talons. A chaque tournant ou presque, Christian était précipité dans la neige, se relevait, se secouait, se rasseyait sur ses planches et attendait philosophiquement la prochaine culbute.

Ils s'aperçurent en arrivant au chalet de Prameruel, en retard de quatre-vingts minutes sur leur horaire, qu'ils avaient nettement dévié sur la gauche. A ce train, ils n'atteindraient pas Moriond avant deux heures du matin. Les grands étaient vannés, le petit complètement éreinté. Il ne leur restait plus rien à manger, et juste un fond de rhum qu'ils eurent tôt fait de se partager. Philippe songeait à passer la nuit dans ce chalet. Comme celui d'Arionda, ce n'était qu'une mauvaise grange. Peut-être y trouveraient-ils de quoi faire du feu, ce qui leur éviterait de passer une nuit par trop épouvantable. Naturellement, la porte était fermée. Philippe l'enfonça d'un coup d'épaule. L'intérieur était rigoureusement vide. Pas le moindre bout de bois, le moindre brin de paille. Mais des trous dans la toiture, par où le vent s'engouffrait en sifflant.

– Ben, mes agneaux!...

Christian examinait les lieux, à la lueur de sa lampe électrique. L'inconfort de la situation ne lui ôtait rien de sa belle humeur. Mais il grelottait d'avance en songeant à la nuit qui les attendait. Stoïque, Rémy cachait sa déception et refoulait ses larmes.

– Bah, dit Philippe, on se frottera le dos et on se frictionnera les pieds. Juste quelques heures à passer.

– Évidemment, conclut Christian, comme dirait Monsieur mon Père, ça durera toujours moins longtemps que les contributions. Essayons de nous intaller... Ne bougez pas, je cherche les skis.

On les avait laissés devant la porte. Il sortit. Presque aussitôt on l'entendit s'exclamer et appeler Philippe. Lorsque celui-ci le rejoignit, Christian avait éteint sa lampe et montrait un point lumineux brillant au Sud.

– Qu'est-ce que c'est que ça? fit-il. Bec de gaz ou motocyclette?

– Tu l'as vu s'allumer?

– Non. Je l'ai repéré juste en sortant du chalet. A quelle distance crois-tu?

– Trois ou quatre kilomètres, peut-être moins. Ça ne me paraît pas très éloigné. Et surtout, ça semble absolument fixe...

– Regardons la carte. Je ne me souviens pas d'avoir vu le moindre chalet dans cette direction.

– Elle ne date pas d'hier, tu sais. Sauf erreur, c'est l'édition de 29. Depuis, on a fort bien pu construire.

– Comme ça, en dehors de toute agglomération?

– Pourquoi pas? Écoute, Christian. Tu vas rester avec Rémy, moi je pars en avant. Tu comprends, s'il y a une chance de passer la nuit ailleurs qu'ici, il ne faut pas la laisser échapper. Tu sortiras tous les quarts d'heure. Si tu entends ma corne ou si tu vois ma lampe (à cette distance, je ne suis pas sûr de pouvoir t'envoyer un message correct), arrive avec Rémy. Sinon, ne vous inquiétez pas pour moi, je reviendrai bien tout seul.

– C'est imprudent mon vieux...

– Le moyen de faire autrement? Le gosse est claqué : on ne peut l'entraîner dans l'aventure sans savoir à peu près où l'on va. D'un autre côté, mieux vaut ne pas le laisser seul. Vous vous réchaufferez mutuellement. Alors, entendu, tous les quarts d'heure. Il est dix-neuf heures cinquante. Il faut me laisser le temps d'approcher suffisamment, disons début de jeu à vingt heures trente. D'accord?

– D'accord.

Philippe rajusta ses skis et se fondit dans la nuit. Pendant quelques minutes, sa lampe fit des taches sur la neige, puis s'éteignit. Christian s'aperçut qu'il était glacé et regagna le chalet. Rémy était debout, appuyé contre un mur.

– Arrive ici, tourne-moi le dos, appuie-toi sur moi, et frotte, frotte, frotte fort... Tu vas voir si ça réchauffe. Pas comme ça, jeune moule, pour de bon... Ah, enfin! Monsieur se décide...

Au bout de quelques minutes, Rémy se sentit presque d'attaque. Christian le fit asseoir sur un sac, l'aida à se déchausser, et frotta ses pieds l'un contre l'autre, doucement d'abord, puis de plus en plus fort. Bientôt Rémy se sentit les pieds chauds et demanda grâce.

– Hein que ça va mieux? dit Christian. Une petite séance

comme ça de temps en temps, et le jour se lève sans qu'on s'en aperçoive...

– Tu crois que Philippe va trouver quelque chose?

– Aucune idée. Il faut attendre. Encore cinq minutes et je sors.

A huit heures et demie, aucun autre feu ne troua l'obscurité, aucun bruit ne monta de la vallée. A neuf heures moins le quart, idem, mais à neuf heures, une seconde lumière, beaucoup plus puissante, sembla-t-il à Christian, que la première, parut à côté d'elle. Le temps d'appeler Rémy, la lumière disparut.

– Elle est raide, celle-là! Est-ce lui, ou n'est-ce pas lui? Ah, ça recommence. Oh, mais ça va! Regarde bien, on va envoyer un message. Cette série de longues et de brèves alternées, ça signifie: *Attention, apprêtez-vous à recevoir.* Je vais répondre à tout hasard, je doute cependant qu'on aperçoive notre lumière de là-bas. Prends un crayon et un bout de papier, je vais te dicter ce qu'il faut inscrire.

Christian alluma sa lampe et émit l'invitation à transmettre. Presque aussitôt, le correspondant commença.

– Attention, Rémy... *« s... d... f... bon..., c,h,r,i,s,t,i,a,n, r,é,m,y,* pas de doute, c'est pour nous, *v,e,n,e,z,f,i,n... »* Chic alors, on change de crèmerie! Attention, c'est pas fini... Marque encore: *« S,d,f, C,h,r,i,s,t,i,a,n, R,é,m,y, v,e,n,e,z, f,i,n... »* C'est la même chose. Il ne nous voit pas et peut continuer comme ça jusqu'à demain. En attendant, signal *Compris,* salut demeure chaste et pure, sac au dos et en route. Je reprends mes skis et toi le traîneau. On comptera les bûches...

Ils repartirent sur les traces de Philippe, allant aussi vite que possible. Le froid était terrible. Rémy ne sentait plus ses mains. Toutes les trois minutes, il se levait, faisait quelques pas dans la neige, enfonçait jusqu'aux genoux réprimais un gémissement et se raccroupissait sur ses skis. La course reprenait alors jusqu'à la prochaine chute, ou jusqu'au prochain virage.

Après une brève descente, la piste remontait.

Christian avançait avec une extrême prudence. Sa lampe faiblissait et la piste ondulait maintenant à travers les sapins. Pour comble de bonheur, le brouillard tombait, plus épais, de minute en minute.

Il venait de s'arrêter une fois de plus, lorsqu'un puissant rayon lumineux dansa soudain sur la cime des arbres, descendit et se posa sur eux.

4

L'HÔTE INVISIBLE

Aveuglé, Christian s'arrêta. Le rayon lumineux lâcha les garçons et vint frapper la neige, quelques pas en avant d'eux. En même temps, des appels retentissaient non loin. Christian sentit un poids l'abandonner : Philippe avait réussi et leur venait en aide. On reconnut bientôt sa voix.

– Ça va? cria-t-il.

– Ça va! hurlèrent les deux autres.

La nuit était si noire, le brouillard si épais, qu'ils l'aperçurent au dernier moment. Il portait un véritable phare sur la poitrine, et sur l'épaule, une paire de skis.

– Nous en avons pour vingt minutes sans nous presser, annonça-t-il. Je vous assure que ça vaut la peine. Je n'en dis pas davantage pour l'instant. Voici des skis pour Rémy – à moins que tu ne préfères continuer à descendre en remorque?

– Merci bien! Bûche pour bûche, j'aime autant essayer tout seul.

– A ton aise! Tâche de ne pas bouziller ceux-là, c'est des Allais. Et admirez ma loupiote!

– C'est toi qui nous as envoyé le message, tout à l'heure?

– Dame, qui veux-tu que ce soit?

– Naturellement, tu n'as pas vu la réponse?

– Rien vu du tout. J'ai recommencé quatre ou cinq fois, et suis venu vous chercher. Alors, Rémy, tu y es? Bon. Je passe devant, j'irai très lentement, fixe mon dos et ne regarde pas à tes pieds.

Le petit se laissait aller, désormais incapable de volonté, rendu, se fiant à ses seuls réflexes. Son corps lui semblait de plomb, ses jambes en coton. Il n'en pouvait plus de froid, de sommeil et de faim. Tous trois glissaient dans la brume, ombres fugitives sur un décor shakespearien.

La lumière repérée par Christian ne les guidait plus. La piste contournait une masse sombre, qui devait être un bois. Soudain, une lueur apparut toute proche et le terrain devint plat. Encore quelques mètres et les scouts se trouvèrent devant la porte d'un chalet aux fenêtres illuminées.

Philippe ôta le premier ses bois, gravit trois marches, poussa une porte donnant accès à une sorte de sas où il invita les autres à ranger leurs skis, et sonna à une seconde porte. Elle s'ouvrit presque aussitôt, livrant passage à un homme âgé, courtois et déférent.

– Que ces Messieurs se donnent la peine d'entrer, dit-il les chambres sont prêtes, et le dîner sera servi dans un instant. Sans doute ces Messieurs désirent-ils gagner leur appartement avant de se mettre à table?

– Bien sûr, répond Philippe.

Christian examine les lieux. C'est une sorte d'antichambre bardée de chêne, sommairement meublée d'un fauteuil de cuir, de porte-manteaux, d'une table et de quelques escabeaux.

– Si ces Messieurs veulent bien me suivre...

Le domestique ouvre une troisième porte, précède les arrivants dans un hall luxueux, s'engage dans un escalier en colimaçon. Les gros souliers foulent le tapis brun, parsemant la moquette de traces noirâtres et de morceaux de neige. Vingt marches plus bas, l'escalier débouche dans un corridor aux murs clairs. Des portes s'ouvrent de chaque côté. Sur chacune d'elles se lit un nom : *Espoir*, *Espagne*, *Bornéo*, *Tyrol*, *Bouquets*, *Pavillons*, *Vacances*...

Le domestique s'arrête devant *Marine*, s'efface, fait entrer. Les garçons pénètrent dans une cabine de paquebot, jettent sur les murs des regards ahuris.

– En voici une...

Chaque chambre communique avec sa voisine. Rémy se voit attribuer *Visages* et Christian *Rois de France*.

Joseph ne leur laisse pas le temps de revenir de leur stupeur.

– Voici les cabinets de toilette. L'eau est chaude, ces Messieurs pourront prendre une douche avant de dîner. Ces Messieurs n'ont sans doute pas emporté d'effets de rechange : ils trouveront dans l'armoire pantoufles, pyjamais, robes de chambre. Ils voudront bien laisser leurs vêtements sur le lit, pour qu'on les nettoie avant leur départ. Ces Messieurs n'ont besoin de rien? Je reviendrai les chercher d'ici une demi-heure.

Il part, toujours souriant, sans paraître s'apercevoir de leurs mines stupéfaites. Les scouts sont chez Christian, Rémy affalé dans un fauteuil, Philippe contemplant la frise extraordinaire qui court le long des murs : il y a là le portrait de tous les Rois de France, de tous les Prétendants, depuis Hugues Capet jusqu'au dernier en titre. Christian ouvre les armoires, en tire les vêtements d'intérieur : robes et foulards sont assortis à la décoration de la chambre. Les garçons demeurent bouche bée : rêvent-ils, ou sont-ils éveillés? Quel est cet extraordinaire chalet?

Philippe se ressaisit le premier.

– Nous visiterons le palais demain. Pour l'instant, au jus et à table. Allez, Rémy, secoue-toi. Je ne vais tout de même pas te déshabiller!

L'eau gicle sur leurs épaules. Leurs membres s'assouplissent. Ils sont divinement bien. La chaleur, succédant au froid, rend leurs joues écarlates. Ils s'inondent de lavande et Rémy tente même de retrouver sa raie.

La demi-heure a passé. Joseph est de nouveau près d'eux. Les pyjamas sont un peu longs, mais les robes tombent à merveille. Ils refont en sens inverse le chemin parcouru, remontent l'escalier, passent directement du hall à la salle à manger. C'est une pièce rectangulaire, au plafond bas, que ferme sur toute la longueur d'un côté, une tenture bariolée. La table est éclairée aux bougies. Trois couverts sont dressés. Le potage fume dans les assiettes. Joseph avance la chaise de Philippe, et l'invite à s'asseoir. Les garçons engloutissent une crème au riz, rehaussée de citron. Joseph ôte les assiettes à soupe, et Christian profite d'un moment où il est allé chercher le premier plat, pour demander à Philippe :

– Mais chez qui sommes-nous? Tu as vu les patrons?

– Pas du tout. C'est le vieux qui m'a ouvert la porte. Je lui ai exposé ma requête, il m'a fait asseoir dans l'antichambre, et il est revenu trois minutes après, en disant que c'était entendu. J'ai demandé si on ne pouvait pas me prêter une lanterne pour vous faire mes signaux, il m'a mené à une espèce de pigeonnier, à côté du château, où un projecteur est installé. Je vous ai passé mon message, il m'a remis une paire de skis et une lampe pour aller à votre rencontre, et voilà tout. Je n'en sais pas davantage.

– On pourrait tout de même le questionner?

– Évidemment! Mais attendons la fin du dîner.

Joseph revenait, porteur d'une timbale milanaise, abondamment garnie de tomate. Il servit ensuite du veau à la mayonnaise, qu'accompagnait une macédoine, de la tome, et, pour couronner le tout, une gigantesque omelette au rhum.

Rémy avalait en silence, se contentant d'interroger du regard les aînés installés sans émoi dans leur rôle d'invités. Philippe et Christian louaient l'hôtel, sa chère, sa maison... Joseph souriait, mystérieux et prévenant.

L'omelette nettoyée, le domestique tira la tenture, et les scouts virent que la salle à manger n'était qu'une sorte de retrait, pratiqué sur l'un des côtés d'une salle immense, mais admirablement proportionnée. Face aux garçons, à l'autre bout, un escalier de bois rejoignait une galerie courant à mi-hauteur de la pièce. A droite, s'élevait une cheminée monumentale où brûlaient une demi-douzaine de bûches gigantesques. A terre, des tapis d'Orient jetés sur un parquet vernis. Un Érard de concert, des fauteuils profonds, partout des poufs, des cendriers, des livres. Près du feu, une discothèque abondante et, sur une table ancienne, non loin de la photographie d'une blonde jeune femme, une tête d'adolescent en marbre rose. Sur le piano lui-même, une autre photographie, celle d'une fillette gracieuse et ravissante. Aux murs, des tableaux de neige, une carte en relief de la région. Et, chose inouïe, dans une coupe de cristal irisé, un monceau de fleurs rares à peine ouvertes.

Les garçons embrassèrent d'un coup d'œil cet ensemble inattendu. Joseph leur désignait une table chargée de tasses et de flacons.

– Le café, les cigarettes... Si ces Messieurs préfèrent un cigare, les boîtes sont près de la cheminée. Monsieur se réjouit de la présence de ces Messieurs au chalet, et leur fait dire qu'ils ne doivent craindre, ni d'user du piano, ni de choisir ce qui pourrait leur plaire parmi les disques ou la bibliothèque. Enfin, Monsieur souhaite une bonne nuit à ces Messieurs...

Christian le regarda :

– Chez qui sommes-nous? Ne verrons-nous donc pas le maître de maison?

Joseph fit un petit geste de la main.

– Monsieur ne pense pas que cela soit nécessaire. Monsieur n'a pas l'habitude de recevoir.

Philippe intervint :

– Nous voudrions tout de même savoir de qui nous avons

l'honneur d'être les hôtes. Je doute qu'il s'agisse d'un hôtel ou d'une pension de famille!

Joseph paraissait navré.

– Je suis désolé, Messieurs, vraiment désolé! Mais je ne peux rien dire sur ce sujet.

Christian réattaquait :

– Cette dame, fit-il en montrant la photographie, cette dame est-elle la maîtresse de céans?

Joseph hésita une seconde avant de répondre tristement :

– Elle l'était, Messieurs, elle l'était. Mais elle nous a quittés, voici bientôt trois ans. Madame est morte, à présent.

– Pardonnez-nous, dit Christian. Nous ne voulions pas être indiscrets.

– Ces Messieurs ne sont pas indiscrets. Mais je préférerais qu'ils ne me posent plus de questions.

Au même instant, venant de la galerie, on entendit un léger bruit. Le premier, Rémy releva la tête, et put seul apercevoir une forme s'éloignant précipitamment du balcon. Joseph avait suivi son regard, mais son visage ne reflétait aucune émotion. Il répéta seulement la fin de sa phrase, comme se parlant à lui-même :

– ...Oui... je préférerais qu'ils ne me posent plus de questions.

Là-haut, on entendit un autre bruit : celui d'une porte se fermant avec précaution. Joseph n'avait pas bougé. Philippe entreprit de le rassurer sans plus attendre :

– Il sera fait selon vos désirs, Seigneur Intendant. Dites à votre Maître que nous lui rendons mille grâces, et ne tenterons point de forcer sa retraite.

– Monsieur sera bien touché... Ces Messieurs n'ont plus besoin de moi? Ces Messieurs m'autorisent à me retirer?

– Ces Messieurs ne désirent que vous remercier.

Joseph disparut par la porte de la salle à manger et les garçons demeurèrent devant la cheminée.

– Le café refroidit, dit Christian. Il ne nous empêchera certainement pas de dormir...

C'était un moka comme on n'a pas coutume d'en boire tous les jours. Christian s'en versa trois tasses et Rémy deux. Plus raisonnable, Philippe n'en prit qu'une, mais y adjoignit une cigarette hongroise et un petit verre de fine.

Christian contemplait le piano avec envie. Il sourit à la petite fille qui riait dans son cadre.

– Si seulement Eric était ici! J'ai l'impression qu'on ne dormirait guère de la nuit! (1)

– Parle pour toi! Je t'assure que le plus beau concert du monde ne m'empêcherait pas d'aller m'étendre dans moins d'un quart d'heure.

– Ce que tu peux être matériel, quand même!

– Non, rectifia Philippe, un peu fatigué, c'est tout. Et puisque notre hôte ne veut point nous voir, je désire même ne pas rêver de lui. Maintenant, mes agneaux, si vous voulez faire tourner les disques, libre à vous. Toi, Rémy, que préfères-tu, musique ou dodo?

Rémy rougit :

– Musique...

– Oh, alors! Dans ce cas, bonne nuit. Je fuis avant l'enchantement.

Il se versa encore un demi-doigt de fine, serra deux mains tendues et partit. Assis devant la cheminée, Christian feuilletait le catalogue, tandis que Rémy disposait le pick-up. Ils ne savaient par quoi commencer, car ils voulaient tout entendre, et tout de suite. Ils tombèrent d'accord sur un menuet de Mozart, et les violons se mirent à chanter dans la pièce. A la troisième mesure, Christian éteignit l'électricité. Les flammes apaisantes éclairèrent seules l'immense salle, léchant les meubles, dansant sur les murs, découvrant parfois un morceau de plafond. Détendus, immobiles, les gar-

---

(1) Voir *Le Bracelet de Vermeil* et *Le Prince Eric.*

çons buvaient l'eau fraîche d'une source intarissable et pure. Les violons se turent. Christian mit un second disque, un troisième, un quatrième... et s'endormit. Un long moment passa avant que Rémy s'en aperçût. Tout à l'heure il avait étendu le bras et ramené un livre au hasard d'un rayon. C'était l'œuvre d'un romancier déjà célèbre, mais qui lui était totalement inconnu. Il tournait machinalement les pages, lorsqu'une phrase retint son attention. Il la relut plusieurs fois, sentant confusément qu'elle s'imprimait en lui. *« ...Nous méritons toutes nos rencontres,* avait-il lu, *elles sont accordées à notre destin, et ont une signification qu'il nous appartient de déchiffrer... »* Nous méritons toutes nos rencontres... Pourquoi donc avait-il croisé Christian dans un escalier, arrêté la voiture d'un inconnu? Et ce soir encore, pourquoi ce ski cassé, cette lumière dans la nuit?

Les flammes montaient moins rouges et moins hautes. Rémy posa un autre disque sur le plateau. Des images surgirent devant ses yeux. Il traversait des marais touffus, des étangs glauques, couverts de lentisques et de nénuphars. Il faisait froid, le vent soufflait dans les arbres sombres, de lourdes vapeurs tourbillonnaient vers un ciel sans couleur. Il arrivait devant un château vide, enfoui sous les roseaux, franchissait le pont-levis, parcourait des salles et des salles... Son pas résonnait sur les dalles, il était vêtu de velours noir, un manteau de cour à longue traîne pesait sur ses épaules. Il allait, il allait, et tout se brouillait, le lac, le château, le manteau, les salles... Un chien surgissait, qui lui léchait la main. Puis tout disparaissait. Il n'y avait plus qu'un grand vide, et venant de très loin, le son d'un piano.

Rémy ouvrit les yeux. Recroquevillé contre un pouf, Christian dormait toujours. Lui-même avait dû s'assoupir... La musique frappait encore ses oreilles. Il était si las qu'il lui semblait ne pouvoir remuer bras ni jambes. Mais ses yeux avaient retrouvé leur mobilité première. Ils se posèrent sur un berger allemand, allongé devant les braises, qui le regardait pensif. Rémy ne s'en étonna pas. Le chien, tout à l'heure, ne lui avait-il pas léché la main?

La musique cessa pour reprendre presque aussitôt. Rémy reconnut un nocturne, fit un énorme effort et tourna la tête vers le piano. Aucun doute n'était possible : quelqu'un jouait. La pièce était maintenant trop obscure pour que l'on pût discerner un visage. Un instant, Rémy crut voir une tête blonde, mais la fatigue l'emporta. Ses paupières retombèrent et il sombra dans un invincible sommeil. Le chien se leva, lui passa sa langue sur les joues. Et le pianiste mystérieux attaqua la Polonaise en *fa*...

5

L'INDISCRÉTION

Philippe s'éveilla le premier. La conscience lui revint avec la faim. Il chercha une lampe qu'il trouva sans peine, sauta du lit, tira les rideaux, manœuvra les contrevents. Une lumière diffuse pénétra dans la cabine. La neige tombait en gros flocons pressés.

– Onze heures!... Il est temps de se lever... Mais... c'est le petit déjeuner!

Près de la couchette, à portée de la main, un bol de chocolat, du lait, de la crème reposaient sur un plateau chauffant. A côté s'étageait une pile de toasts, voisinant avec un beurrier, de la confiture et du miel. Sur une chaise, net, irréprochable, le costume de ski. A terre, les chaussures nettoyées et graissées.

« – Bonne maison, pensa Philippe. Je vais secouer les autres. »

Rémy dormait le nez dans l'oreiller, Christian en chien de fusil. Philippe tira leurs rideaux, repéra du premier coup d'œil les costumes et le chocolat. Puis il passa la main dans les cheveux de Christian qui grogna, remua, ouvrit un œil et le referma.

– Désolant, soupira Philippe. Nous voilà encore obligés de recourir aux grands moyens...

Il saisit le matelas près du mur, et le retourna, tirant à

lui de toutes ses forces. Christian roula sur le tapis, empêtré dans les couvertures, le duvet et les draps. Solennel, Philippe prit le plateau et attendit que Christian voulût bien émerger du tout.

– Le petit déjeuner de Monsieur le Comte est servi. Monsieur le Comte consentirait-il à se lever?

– Pas sûr, gronda l'intéressé. Faudrait d'abord voir à s'excuser.

– Impossible. Contraire à mes convictions républicaines.

– Alors, Baptiste, posez ça là. Et veuillez quérir le jeune Rémy.

– Tu ne crois pas qu'on ferait mieux d'aller déjeuner chez lui?

– Si. Passe devant. Le temps d'enfiler la robe de chambre et je te suis.

Rémy, qui achevait sa toilette, souhaita le bonjour à Philippe, et interpella Christian :

– Est-ce que tu te souviens d'hier soir?

– Mon Dieu, oui... Pourquoi?

– C'est toi qui m'as amené ici?

– Moi? Non... attends..., mais non, je ne crois pas... attends, attends... au fait, moi non plus, je ne me souviens pas d'être revenu...

– Je suis à peu près sûr de m'être endormi auprès du feu. Et après, fini!

Christian se frappa le front.

– Faut-il que nous soyons diminués! C'est Philippe, bien sûr, qui nous a remorqués!

L'Assistant les détrompa :

– Navré de vous décevoir, mais je n'ai pas bougé.

Du coup, Christian faillit renverser son chocolat. Il le posa sur la tablette, avala un gros morceau de toast, se prit un instant la tête à deux mains, et appuya résolument sur la sonnette. Une ou deux minutes s'écoulèrent, au bout desquelles on entendit un pas dans le corridor, puis Joseph entra après avoir frappé deux coups feutrés. Il paraissait aussi modeste, aussi souriant que la veille. Philippe cependant crut voir une petite lueur narquoise briller dans ses yeux pâles.

Christian ne lui laissa pas le temps de souffler.

– Bonjour, Monsieur. Nous avons très bien dormi et nous allons de même. Le chocolat est parfait, nos affaires sont remises à neuf. Bref, la maison est un palais des Mille et une Nuits, mais nous voudrions savoir qui nous a reconduits dans nos chambres. Nous nous sommes, Rémy et moi, endormis près du feu et réveillés dans notre lit.

Joseph élargit son sourire.

– Monsieur a vu ces Messieurs et m'a prié de les reconduire chez eux.

– Alors, c'est vous qui nous avez traînés du salon jusqu'ici?

– Monsieur m'a aidé à porter ces Messieurs sur leur lit.

– Ça devait être gentil! Dommage que personne n'ait pris de photographies!

– Enfin, voilà toujours un mystère éclairci, conclut Philippe. Maintenant, je crois qu'on peut s'habiller. Il faut regagner *Montjoye* et ne pas louper le train ce soir à Moutiers.

– Écoute, fit Christian, je voudrais quand même visiter les autres chambres, si ce n'est pas indiscret?

– Nullement, fit Joseph. Tout de suite, si ces Messieurs le désirent.

Il était déjà dans le corridor, ouvrant les portes, donnant de la lumière. Les garçons s'extasiaient sur le lieu, le mobilier, les couleurs. Ils se trouvèrent soudain à l'intérieur d'un chalet norvégien. Quelques secondes plus tard, Philippe et Christian étouffaient ensemble un même cri. Christian, bondissant vers la porte, interrogeait :

– Où sommes-nous donc ici? A Swedenborg? (1).

(1) Voir *Le Prince Éric.*

Placide, Joseph répondait :

– Oui, Messieurs, à Swedenborg.

Se détachant des paysages de neige qui tapissaient les murs, la photo d'un garçon en costume de ski attirait de prime abord l'attention. Un garçon de quinze ou seize ans, aux cheveux blonds, au regard un peu triste. Ils lurent la dédicace : *« A Jean-Luc de Bretteville, en souvenir de notre première rencontre, ERIC. »*

– Bretteville, commença Christian, je connais ce nom-là !

– C'est celui du wagon-lit !

– Mais oui, Rémy ! C'est bien ça. Décidément, le monde est petit. Par deux fois, Monsieur de Bretteville nous aura sauvé la vie. Le Jean-Luc, ça m'a tout l'air d'être ton gars. N'est-ce pas, Monsieur, nous sommes ici chez Monsieur de Bretteville, Jean-Luc a quelque chose comme treize ou quatorze ans, il est là depuis trois jours, et sa sœur n'a pu l'accompagner? Voyons, ne vous troublez pas. Vous voyez bien qu'on ne peut rien nous cacher. Alors, Jean-Luc ne veut toujours pas se montrer? Ça l'amuse de jouer à cache-cache? Dites-lui, s'il vous plaît, que nous ne quitterons pas la maison sans l'avoir remercié.

Joseph ne souriait plus. Son aveu replongea les scouts dans la brume.

– Je crois pourtant, Messieurs, qu'il vous faudra partir sans l'avoir vu. Veuillez m'excuser, je dois veiller au déjeuner. Vous connaissez le chemin...

– Qu'est-ce que ça signifie? gémit Christian, planté devant un autre cadre. Nous voilà, nous aussi... Regarde, Philippe, c'était la veille du départ. Je m'en souviens, Nils avait perdu sa toque...

– En tout cas, la photo d'Eric est récente, puisque nous avons reçu la même courant janvier. Habillons-nous, tout ça s'expliquera. Mais pour de l'imprévu, c'est de l'imprévu. Dire que sans Rémy, nous n'en aurions jamais rien su !

Midi les ramena à la salle à manger. Rideaux tirés, fenêtres grandes ouvertes, les garçons voyaient de leur place la montagne et les champs enneigés. Malgré le petit déjeuner, malgré les surprises de la matinée, ils avalèrent sans broncher ce qu'on leur servit. Philippe reprit deux fois du dessert. Au café, Joseph gravit discrètement l'escalier de la galerie. Rémy ne le quittait plus des yeux. Il le vit entrer dans une pièce d'où il ressortit peu après. Des aboiements retentirent. Un assez gros chien apparut au-dessus du balcon. Joseph ouvrit la porte, on entendit une voix jeune appeler le chien, et celui-ci disparut. Déjà Joseph redescendait vers eux :

– Je ne voudrais pas presser ces Messieurs, mais si ces Messieurs ont un train...

Il les entraînait vers la première antichambre, ouvrait toutes les portes, décrochait lui-même les skis. Les garçons se demandaient si Rémy pourrait encore utiliser ceux qu'on avait prêtés la veille à Philippe. Joseph les rassura tout de suite.

– Jean-Luc serait heureux de voir Monsieur Rémy accepter ces skis. Il s'excuse encore de n'avoir pu dire lui-même à ces Messieurs la joie qu'il éprouvait à les avoir au chalet, mais il les prie de bien vouloir agréer ce modeste souvenir.

Joseph tirait deux petits paquets de sa poche et les remettait aux aînés médusés.

Pour la première fois, il disait tout simplement : Jean-Luc. Philippe fourra le cadeau dans son sac, Christian tourna et retourna le sien avant de l'enfouir dans son blouson. Personne ne remarqua la rougeur de Rémy. Il regardait les skis que Jean-Luc venait de lui offrir, tandis qu'une bataille inattendue se livrait en lui. Une bataille qui s'acheva en déroute. Rémy repoussa tout à coup les bois contre le mur et s'enfonça dans la maison. Il traversa en courant l'antichambre, le hall, revint à la grande salle, escalada l'escalier. Au milieu de la galerie une forme, penchée sur la rampe, se recula précipitamment. On entendit des cris, des appels, une porte claqua. Rémy appuya sur le battant qui céda. Un chien se jeta sur lui, léchant ses mains et son visage. Adossé à la fenêtre, un jeune garçon le regardait, stupide.

Joseph s'était lancé à sa poursuite. « – Monsieur Rémy, appelait-il, Monsieur Rémy, ce n'est pas bien! – Rémy, criait Philippe, reviens tout de suite! » Mais Rémy n'entendait rien. On le vit enfoncer la porte... Joseph s'arrêta, secoua la tête :

– Maintenant, ce n'est plus la peine. Oh, rassurez-vous, il ne court aucun risque!...

Deux ou trois minutes s'écoulèrent, puis Rémy reparut. Un Rémy bouleversé, perdu. Il baissa la tête devant Joseph qui le considérait avec plus d'anxiété que de reproche, prit ses skis, les chaussa sans mot dire. Christian se confondait en excuses, Philippe en remerciements. L'air était vif, le soleil très chaud. Le matin, Philippe avait étudié la carte. Les garçons prirent aussitôt le chemin de Moriond qu'ils rejoignirent vers trois heures. Ils firent une flambée dans la cheminée, bouclèrent les sacs, passèrent au *Clou* et descendirent sur leurs skis jusqu'au Carrey. Depuis le départ du chalet, Rémy n'avait pas ouvert la bouche. Christian l'examinait à la dérobée. Perdu dans son rêve, il obéissait pourtant au moindre mot.

Le train les reprit dans cette gare où ils étaient descendus quatre jours plus tôt. Ils trouvèrent sans mal leurs places retenues depuis Paris, se dirigèrent vers le wagon-restaurant. Un Monsieur satisfait faisait le quatrième à leur table, vantait ses exploits, ne cessant de s'esclaffer ou de questionner. Christian l'aurait tué. Sitôt l'addition réglée, Philippe se leva, les précédant dans leur compartiment. Rémy ne desserrait toujours pas les dents. Il vint s'accouder à la barre d'appui du couloir, contemplant, sans la voir, la nuit d'hiver. Philippe et Christian l'observèrent un instant, puis se placèrent à ses côtés. Rémy ne semblait pas s'apercevoir de leur présence. Christian posa un bras sur son épaule. Rémy tourna vers lui des yeux de chien battu, puis baissa la tête.

– Je voulais vous dire, balbutia-t-il en fixant un rond de buée sur la glace, je vous remercie tellement de m'avoir emmené...

Christian accentua sa pression.

– ... Je sais, continuait Rémy, je n'aurais pas dû ouvrir cette porte. Je ne comprends pas ce qui m'a pris... Et je ne peux rien vous dire...

– Nous ne te demandons rien. Nous voudrions seulement que tu aies confiance en nous et sois heureux.

– Oh, j'ai confiance en vous! Mais ce n'est pas mon secret...

– Alors, garde-le...

Cela est dit amicalement, sans amertume. A son tour, Philippe met sa main sur l'épaule du petit, qui se sent entouré, protégé. Ils demeurent un instant silencieux, puis l'Assistant les invite à rentrer. Ils s'étendent sur leurs couchettes, réfléchissent, cèdent au sommeil. Vers minuit, Rémy se réveille. La phrase lue au chalet lui revient brusquement en mémoire : *« ... Nous méritons toutes nos rencontres... Elles ont une signification qu'il appartient à chacun de nous de déchiffrer... »*

Nous méritons toutes nos rencontres... « Jean-Luc, songe Rémy, pourquoi t'ai-je donc rencontré? »

Deuxième partie

L'AMITIÉ

1

INTERMÈDE

A Swedenborg.

– Introduisez Monsieur le Secrétaire à la Police, dit Eric à l'huissier. Et toi, Nils, si tu lèves seulement le bout du nez, tu voles par la fenêtre.

– Pas de danger, mon bon Seigneur! J'ai trop envie d'entendre les histoires de ce vilain corbeau.

– Tais-toi! Le voilà.

Un homme entre deux âges pénétrait dans la pièce. Il s'inclina profondément devant le Prince à son bureau, et attendit qu'on le priât de commencer son rapport. Une seconde, son œil gris s'arrêta sur Nils, trop ostensiblement plongé dans sa lecture.

– Eh bien Monsieur, souriait Eric, tout ensemble courtois et distant, nous gratifierez-vous de quelque incident?

– Fort heureusement non, Monseigneur. J'ai presque scrupule à distraire Votre Altesse de ses travaux. Le pays n'a jamais été aussi calme, le peuple aussi peu mécontent. J'en arrive à me demander si un Ministre de la Police est vraiment nécessaire à Swedenborg!

Le Prince fit entendre un petit rire.

– Peut-être n'est-ce que le calme précurseur des tempêtes? Je crains les eaux tranquilles.

– Votre Altesse plaisante!

– Bien sûr, Monsieur, bien sûr. Je plaisante et vous sais gré de me tirer d'incertitude. On m'avait notamment signalé le Bourgmestre de Lofsen, subventionnant sur les deniers publics d'étranges associations. Je vois qu'il n'en est rien, puisque vous n'en soufflez mot.

– Que Votre Altesse m'excuse! Des rumeurs sans fondement. J'ai dépêché deux contrôleurs à Lofsen. Leur rapport est concluant : envie, vengeance, basses calomnies.

– C'est bien mon avis. Aussi, témoignez à ce magistrat, lorsque vous en aurez l'occasion, toute notre satisfaction.

– Votre Altesse le comble.

– Mais non, Monsieur, mais non. L'honneur et la fidélité ne sont point choses communes, aujourd'hui. A propos, vous ignorez toujours l'actuelle résidence de Monsieur Tadek?

– Hélas oui, Monseigneur...

Le Secrétaire à la Police sortit à reculons. Impénétrable, le Prince rédigeait une note. La porte se referma doucement. Eric leva la tête et dit à Nils qui avait bondi près de lui :

– En français, mon fils, cela s'appelle jouer au chat et à la souris.

– Je ne connais pas ce jeu. Mais je sais ce que Jef pense du Bourgmestre. Veux-tu que j'aille le chercher? Tu verras ce qu'il en dit.

– Non, pas maintenant, cela donnerait l'éveil. D'ailleurs, il ne tardera plus. Voici l'heure du courrier. peut-être aurons-nous des nouvelles de France.

Un Secrétaire se fit annoncer, porteur du courrier privé, c'est-à-dire des mille sollicitations, pétitions ou requêtes que l'on adressait chaque jour au jeune Prince. Il présentait également, réunies sous double enveloppe, et non décachetées, les lettres personnelles, reconnaissables à l'adresse uniformément employée par les rares amis d'Eric. Ce courrier était toujours expédié à *« Monsieur Eric Jansen, Swedenborg, Norvège »*.

Eric écouta le Secrétaire, donna ses instructions, dicta quelques réponses. Il le congédia lorsque la dernière requête fut examinée, la dernière décision prise. Restait seulement la correspondance personnelle. Il fendit l'enveloppe cachetée de cire bleue, en soupirant :

– C'est tout de même embêtant de ne jamais savoir qui les a lues avant moi...

– Tu n'es pas fort, fit Nils avec impatience. Il y a au moins Monsieur le Secrétaire à la Police.

– Exact... Voyons ça : une lettre des États-Unis, c'est Kertad, une autre du Brésil, c'est sans doute Monsieur de Bretteville, un mot de ta maman... Oh ! Mais il y a quelque chose dedans – et pour finir, chic alors, une lettre de Christian. Attends, j'ouvre tout de suite l'enveloppe de ta maman. Ce n'est pas une lettre, c'est une photo. Une photo de Solveig. On la montrera à Jef, ça lui fera sûrement plaisir... Tiens, regarde.

– Et Christian?

– Une seconde ! Je vais la lire : s'il y a quelque chose de très intéressant, dont on puisse prendre connaissance à ton âge et que tu sois capable de traduire tout seul, eh bien, mon Dieu, tu pourras peut-être la parcourir tout à l'heure.

– C'est pas gentil de te moquer de moi !

– Non, mais ça te forme le caractère... Hein ! Ça, par exemple !

– Quoi donc?

– Il a rencontré Jean-Luc !

– Non ! Où? A paris?

– Je ne sais pas encore. Assieds-toi, je vais te le dire...

Eric ne connaissait Rémy qu'à travers les lettres de Christian. Il se sentait plein d'amitié pour lui et souhaitait de toutes ses forces le savoir heureux. Son aventure doublait l'intérêt qu'il portait au garçon, mais il regrettait d'avoir involontairement peiné Christian. Car Christian n'était guère content. « ... *Quel mystère cache-t-on là-dessous,* écrivait-il, *et pourquoi ne m'en as-tu jamais parlé? As-tu des secrets pour moi, maintenant? Tu penses bien que je ne vais pas l'interroger, mais il est tout détraqué, et au moment où ça commençait à mieux marcher, ce n'est vraiment pas trouvé! J'attends une réponse avec l'impatience que tu devines...* »

– Pauvre Christian, fit Eric, il n'est pas encore venu, le jour où j'aurai des secrets pour toi! Hélas, celui-ci n'est pas le mien... J'étais persuadé de l'utilité d'une intervention du Loup pour arranger cette affaire, cette lettre vient renforcer mon sentiment. Tu vois, continua-t-il en s'adressant à Nils, le voyage prévu pour Pâques me paraît de plus en plus nécessaire. Je verrai Jean-Luc, je verrai Christian, et on trouvera bien une solution. Pour l'instant, il s'agit surtout de faire patienter Christian.

Un grattement se fit entendre de l'autre côté d'un mur.

– Voilà Jef! s'écria Nils. Tu lui dis d'entrer?

– Naturellement, voyons!

Le petit donna un coup de poing dans la cloison, dont une partie s'effaça pour livrer passage à Jef. Vêtu, comme Nils, de l'uniforme des pages, il portait fièrement sur son blouson l'insigne de l'*Aigle d'Or,* qu'Eric lui avait remis l'année précédente, « en récompense de services éminents rendus à la Couronne ». Il est toujours aussi souple, aussi vif, aussi blond. Moins familier que Nils dont les onze ans défient tout protocole, Jef ne vit que pour servir son Prince et écarter toute pierre de sa route.

– Quel air soucieux! plaisanta Eric. Quelle nouvelle conspiration as-tu découverte?

– Tu ris de tout, tu te moques de tout, et un jour, Ton Altesse se retrouvera encore dans de beaux draps! Ah, tu as fait un joli coup en l'autorisant à s'enfuir! Il est plus

riche que toi, plus puissant que toi, et il achète tout ce qui lui plaît!

– Toi, par exemple...

– Pardon?

– Idiot! Tu as fini de faire cette mine d'enterrement? de chercher le Comte Tadek derrière chaque paravent, de renifler partout déshonneur et trahison? Mon Secrétaire à la Police, je te l'abandonne! Je ne lui confierais pas le plus petit doigt de la main. Je parie même dix contre un qu'il en sait beaucoup plus que nous sur un tas de gens. Mais Tadek n'a pas conservé sur l'ensemble des fonctionnaires l'empire que tu lui prêtes.

– C'est pourtant lui qui tire toutes les ficelles, ici!

– Toutes, c'est beaucoup dire...

– Ce type-là n'aura de cesse qu'il n'ait repris ta place. Je respirerai lorsque je le verrai mort à tes pieds. Pas avant.

– Et son âme, Jef?

– Le diable la prenne, Altesse!

– Tu vas trop loin...

– Ne te fâche pas! Que les anges l'emportent... Mais pour l'amour de Dieu, colle le Bourgmestre de Lofsen en taule et ton flic-chef à la retraite...

– Sois sans crainte, je m'occupe d'eux. La patience est nécessaire au gouvernement des États... Tiens, qu'est-ce que c'est?

La sonnerie du téléphone venait de retentir. Jef prit la communication.

– Un message chiffré, annonça-t-il. Le Secrétariat demande si on peut l'apporter?

– Oui, bien sûr... Qui peut l'avoir expédié?

– Christian, peut-être...

Avant de se quitter, Eric et son ami avaient convenu d'un code pour les communications d'importance qu'on ne pourrait sans inconvénients confier à la poste. Il servait pour la première fois. Christian n'en avait fait part à personne, et Jef était seul à le connaître.

Le message émanait bien de Christian. Eric sortit de sa poche le code qui ne le quittait jamais et s'assit derrière son bureau. A le voir ainsi penché sur la table, dans sa veste beige et ses culottes courtes, on eût dit un collégien taquinant Tacite. Jef et Nils se pressaient contre lui.

Les maîtres-mots surgissaient l'un après l'autre d'un texte en apparence incohérent. Bientôt le télégramme put se lire en clair. Il était bref :

« Daniel certifie avoir vu Tadek Paris hôtel Claridge stop précisions suivront stop prends garde et envoie instructions stop amitiés Christian. »

Eric ne parut nullement troublé.

– J'aime mieux ça, dit-il. Au moins on sait où il est...

– Et tu iras quand même à Paris?

– Dame! Monsieur voudrait que je m'enferme dans un monastère? Oh, quittez ces airs penchés, s'il vous plaît! Et venez faire un ping-pong, ça nous changera les idées...

2

INVALIDES 89-22

Cinq minutes avant la fin de la classe d'Histoire, Rémy avait plié ses affaires et bouclé sa serviette. Il franchit l'un des premiers la porte du lycée, prit ses jambes à son cou, fit irruption dans le bureau de poste situé face au métro, et se jeta sur l'annuaire du téléphone. Ses mains impatientes collaient aux pages, incapables de les tourner convenablement. Il dut bientôt se rendre à l'évidence : le nom qu'il cherchait ne s'y trouvait pas. Pas plus de Bretteville à Paris qu'à Neuilly, Meudon, Boulogne ou Sceaux.

– Peut-être qu'au guichet, ils sauront quelque chose...

Au guichet, on commença par lui demander l'adresse de son éventuel correspondant, et Rémy dut confesser son ignorance.

– Alors, voyez les Renseignements téléphoniques...

L'heure pressait. Il n'avait plus le temps de poursuivre ses recherches. Il rentra chez lui tout soufflant. Grâce à Dieu, la Cousine n'était pas encore là. Il mit ses chaussons et s'installa comme chaque jour à la table de la salle à manger. Il préparait une composition de récitation, subitement avancée et prévue pour le surlendemain. Il mit les coudes sur la table, le front entre ses mains, et tenta de prêter toute l'attention désirable « aux auteurs du programme ». Il se moquait bien du vieil Horace et de son irascible famille. Le frère de Camille pouvait descendre son lot de Curiaces, Rémy se désintéressait absolument de ces funestes événements.

– ... *Ô mon fils! Ô ma joie! Ô l'honneur de mes jours!* ânonnait-il.

Ô d'un État penchant l'inespéré secours!
Vertu digne de Rome, et sang digne d'Horace...!
Quand pourrai-je étouffer dans tes embrassements
L'erreur dont j'ai... l'erreur dont j'ai...
L'erreur dont j'ai formé de si faux sentiments...

Qu'est-ce que ça veut dire?... Après tout, je m'en fous... Riquet a le téléphone, lui...

Quand pourra mon amour baigner avec tendresse
Ton front victorieux, de larmes d'allégresse?...

C'est ça, qu'il aille au bain. Mais moi, quand pourrai-je faire un peu ce qui me plaît? La Cousine n'est toujours pas là... Si je demandais à Henri? Et si elle arrive pendant ce temps? C'est trop risqué. Continuons. Acte IV, scène 4. V'là Camille qui râle...

Oui, je lui ferai voir par d'infaillibles marques
Qu'un véritable amour brave la main des Parques,
Et ne prend point de lois de ces cruels tyrans
Qu'un astre injurieux nous donne pour parents...

Oh, la barbe, la barbe!... *Hortense, l'unique objet de mon ressentiment...* dommage, y a un pied de trop... *Hortense, cause de mon empoisonnement...* ça, ça colle... Riquet peut avoir le renseignement tout de suite... J'y vais ou j'y vais pas? Allons, de l'audace, encore de l'audace, et toujours de l'audace, comme disait Ravaillac! Ravaillac ou Victor Hugo? Peu importe... le sort en est jeté, j'y vais!

Il ouvrit doucement la porte, se pencha sur la cage de l'escalier, écouta et, rassuré, sonna chez Henri.

– Comment, c'est toi? fit Riquet. Entre, entre...

– Non, non, je reste ici. Je ne voudrais pas qu'elle me

trouve sur le palier. Alors, chez toi, tu penses... Mais pourrais-tu me rendre un grand service? Il s'agit de téléphoner aux Renseignements, et de savoir si le nom de Bretteville existe. Plus exactement, d'avoir l'adresse ou le numéro de téléphone, parce que le nom, j'en suis sûr. Il n'est pas dans l'annuaire, et la bonne femme de la poste m'a dit qu'il fallait demander aux Renseignements.

– Bon. Pour quand veux-tu le tuyau? Tout de suite?

– Ça ne t'ennuie pas?

– Mais non, voyons. Redis-moi seulement le nom.

– Bretteville : comme ça se prononce... mais avec deux t.

Rémy entendit Riquet composer le 12, puis faire du charme à la préposée.

– ... Vous seriez bien gentille, Mademoiselle, de me donner le numéro de Monsieur de Bretteville... B comme Berthe... R comme Robert..., j'ai malheureusement égaré l'adresse... oui, oui, je suis sûr qu'il a le téléphone... Paris ou banlieue? Ça, je ne saurais vous dire. Peut-être Neuilly... oui, j'attends... allo, ne coupez pas... allo, il y en a deux, un Bretteville Balzac 98-82, et un Bretteville qui ne figure pas sur la liste des numéros à communiquer... c'est tout, oui, merci, Mademoiselle, merci beaucoup. – Tu as entendu? continua-t-il, en revenant vers Rémy. Faut-il essayer Balzac? Tu seras tout de suite fixé. Qu'est-ce qu'on demande?

– Des nouvelles de Jean-Luc, sans dire de la part de qui. Tu verras bien ce qu'on te répondra.

– D'accord... attention, on vient!

– Regarde!...

– Ta cousine, mon vieux!

– Henri, supplie Rémy, Henri, viens me donner la réponse ce soir!

– Entendu! promet Riquet, qui ne l'a jamais vu dans un pareil état.

Mlle de Terny rentrait une bonne demi-heure après Rémy, ce qui était des plus rare. Elle pénétra dans la salle à manger sans même ôter son chapeau, et jeta un regard soupçonneux sur la table.

Tout au grand Corneille, son petit cousin ne semblait pas s'apercevoir de sa présence.

– ... *Mon père, retenez les femmes qui s'emportent,* récitait-il,

Et de grâce empêchez surtout qu'elles ne sortent.
Leur amour importun viendrait avec éclat
Par des cris et des pleurs...

– Je suis là, Rémy, fit la Cousine Hortense en fermant la porte.

– Ah!... Oh pardon, ma Cousine, je ne vous avais pas entendue!... La composition de récitation a été avancée et je repasse ce que nous avons appris.

– Avancée? Depuis quand le sais-tu?

– Depuis ce soir, ma Cousine.

– Montre-moi ton carnet, je te prie.

– Oui, ma Cousine...

– ... En effet... quel désordre, aujourd'hui, quelle impréparation..., jusque dans les meilleures écoles! Continue, mon garçon, tu me réciteras avant d'aller au lit.

– Oui, ma Cousine.

– Te voilà bien poli, tout d'un coup. A quoi songes-tu?

– Mais à rien, ma Cousine. Ou plutôt si : à ma composition.

– Voilà qui nous change, fit Mlle de Terny en manière de conclusion.

Elle passa dans sa chambre, revint avec un ouvrage de dame, et se cala dans son fauteuil. Mistigris, un affreux matou, au poil fauve, sauta sur ses genoux et poursuivit un somme interrompu. A intervalles irréguliers, Mlle de Terny lançait un coup d'œil perçant au garçon en apparence absorbé dans sa récitation. Elle finit par le surprendre, les lèvres immobiles, les yeux dans le vague.

– Eh bien, Rémy? Tu penses toujours à ta composition? Rémy! Voyons, Rémy, je te parle!

– Ma Cousine?

– J'ai l'impression que ces voyages ne te valent rien. Tu éprouves vraiment trop de peine à te remettre au travail...

Rémy retint de justesse une impertinence, et répondit à peu près poliment qu'il ne le croyait pas. Mais il était fort inquiet de n'avoir pu prévoir ce qu'Henri devrait lui dire devant la Cousine, à laquelle il ne voulait rien révéler. Enfin, Mlle de Terny se rendit à la cuisine pour préparer le dîner. Elle n'avait qu'une femme de ménage, deux heures le matin, et faisait presque tout dans la maison. Délivré de sa présence, Rémy s'abandonna sans contrainte à son anxiété. Pourquoi Riquet n'apportait-il pas la réponse? Et comment s'en tirerait-il?

Il sonna au moment où la Cousine versait la soupe dans les assiettes. Elle parut surprise et pria Rémy d'aller ouvrir. Celui-ci se dirigea vers l'entrée avec une lenteur affectée, referma soigneusement la porte de la salle à manger, et en trois secondes, fut devant Riquet.

– Alors?

– Alors, à Balzac 98-82, c'est pas ça. C'est une dame qui m'a répondu, elle ne connaît pas de Jean-Luc, et il n'y a aucun enfant dans la maison...

Rémy éprouve un curieux malaise : sa tête brûle, ses mains sont glacées, ses jambes le supportent avec peine. Mais il faut garder la face, car Mlle de Terny, intriguée, vient de surgir sur le palier. Les mots montent tout seuls à ses lèvres, formulent la seule explication plausible :

– C'est Riquet, ma Cousine. Il est venu me prévenir qu'il n'y aura pas de sortie dimanche.

– Très bien, fait la Cousine rassurée. Cela te permettra de travailler un peu. Pour une fois, il faut en profiter.

Henri connaît le prix du silence. Il salue Mlle de Terny, serre vaguement la main de Rémy, et rentre chez lui.

– Dépêche-toi, poursuit Cousine Hortense, le potage refroidit.

Rémy avale la soupe de pois cassés, bute sur les macaronis dont il doit reprendre une seconde assiettée, refuse la salade et le fromage. Mlle de Terny n'insiste pas, mais prononce quelques paroles exemptes d'aménités, envers les scouts et plus spécialement envers Riquet, qui prend décidément bien mauvais genre. Rémy l'écoute sans l'entendre. Le plus mauvais moment est encore à passer : tout à l'heure, on ne lui fera pas grâce d'une ligne ou d'un vers.

La camomille coule dans la fausse porcelaine de Chine. Le garçon l'avale en grimaçant, et reprend ses livres. Il ne doit plus penser à Jean-Luc, il lui faut seulement songer à sa composition. Il a beau multiplier les efforts, le résultat est plutôt décevant. A dix heures, Mlle de Terny plie son journal, essuie ses lunettes et regarde Rémy. Celui-ci tend son carnet, présente les textes. La Cousine toussote, choisit un titre, et guette la première défaillance. De son temps, c'est en alexandrins qu'on apprenait la géographie et l'Histoire de France.

Rémy commence, l'âme en déroute, le cœur serré. Il déteste Corneille, il voue Molière aux Gémonies. Il ne vit que pour retrouver Jean-Luc, et on l'oblige à débiter le *Discours de la Mollesse à la Nuit,* à ingurgiter ce sale Boileau et son *Lutrin*!

Il n'arrivera jamais au bout de ces dix-huit morceaux. Il sent qu'à la première observation, il va fondre en larmes ou débiter quelque insolence. Mais l'inespéré s'accomplit. Rémy n'accroche qu'en fin de course, et la Cousine le reprend sans acrimonie.

Le voici dans son lit. Il y a huit jours, il ne connaissait ni *Montjoye* ni Jean-Luc : ce soir, il lui semble avoir quitté Moriond depuis des mois. Les skis luisent dans un coin de la chambre. Sa vie, autrefois si morne, a désormais un but. Mais il faut avertir Christian. Il se lève, cherche un crayon, et trace ces deux lignes sur une feuille de copie : « *Henri, excuse-moi d'avoir menti. Préviens Christian, s'il te plaît, que je ne pourrai me rendre à la sortie. Qu'il ne vienne pas à la maison, je lui expliquerai l'autre dimanche ou dans le métro.* » Il plie la lettre, la ferme avec un bout de papier collant, la met dans sa poche, et le lendemain matin, la glisse sous la porte voisine. A peine honteux de son mensonge, il se demande comment il n'a jamais songé à ce moyen si simple de correspondre avec Henri. Un incroyable changement s'est opéré en lui. Hier encore, il ne voulait que vieillir : il sait à présent que la vraie vie a commencé, aventureuse et secrète. Il ne l'attendait guère avant cinq ou dix ans, la voici tout à coup devant lui.

*
* *

Christian le rencontra, comme d'habitude, à Mabillon. Rémy en fut gêné, n'ayant pas préparé ce qu'il devait lui dire. Il s'enfonçait vraiment dans le mensonge et la dissimulation. Vis-à-vis de son Chef, c'était doublement mal, puisque sans lui, il ne serait jamais venu au chalet, et qu'au surplus, on ne l'avait pas questionné. Il s'en rendit compte, et parla au moment où le train atteignait sa station.

– Écoute, Christian, Riquet va t'annoncer que je ne peux pas venir à la sortie. Je l'ai prié de faire la commission, n'étant pas sûr de te voir. Pas le temps de t'expliquer ça maintenant, mais je te raconterai tout l'autre dimanche, parole de Loup!

– C'est quand même violent! maugréa Christian, lorsque Henri lui eut communiqué la teneur du message. Et il ne t'a donné aucun motif?

– Aucun. Je suis d'ailleurs persuadé qu'il n'y en a pas.

Il m'avait chargé d'une commission et de lui rapporter la réponse. Quand j'ai sonné chez lui, la Cousine est arrivée sur ses talons. Alors, pour expliquer ma présence, il a sorti la première chose qui lui est passée par la tête. Il va rester chez lui, à travailler.

Malgré son envie, Christian n'osa poursuivre l'interrogatoire. Il avait horreur de paraître indiscret, surtout vis-à-vis des plus jeunes.

– Ça ne tourne pas rond, conclut-il. Enfin, nous verrons ça dimanche prochain.

*
* *

Dix jours plus tard, l'horaire ayant été modifié, les scouts revinrent au local sensiblement plus tôt que d'habitude.

– Rémy, je te remmène ce soir à la maison, avait déclaré Christian, dès neuf heures du matin. N'oublie pas ta promesse.

Il souriait, comme à l'accoutumée, clair et rassurant.

Rémy passa une journée sans histoire, se tint fort correctement et se retrouva vers cinq heures au coin d'un bon feu, un bol de chocolat entre les doigts, un monceau de tartines à sa disposition.

– Voilà, commença-t-il, j'ai voulu revoir le garçon du chalet. Impossible de se procurer son adresse, impossible d'avoir son numéro de téléphone. Henri m'a aidé dans ces recherches et la Cousine nous a surpris en conciliabule. Comme il était inutile de la mettre au courant, j'ai donné la première explication venue. Dame, elle n'était guère fameuse, et je l'ai bien regrettée. Mais il était trop tard, ça ne pouvait plus s'arranger. Maintenant, je ne sais comment faire, Monsieur de Bretteville ne veut pas qu'on connaisse son numéro, je n'ai aucune relation à la poste, et je ne suis pas plus avancé que la semaine passée.

– Naturellement, je suis le seul à qui tu n'aies rien demandé?

– Je n'ai pas osé...

– Dommage. Car j'aurais pu te renseigner.

Le chocolat faillit valser sur le parquet.

– Tu le sais?

– Invalides 89-22. 78, rue de Varenne, à deux pas d'ici. S'il te plaît, reste assis. Moi aussi, j'étais un tout petit peu intrigué, imagine-toi. Alors, j'ai pris l'annuaire comme toi, téléphoné aux Renseignements comme toi, suis tombé sur un bec comme toi. J'ai même consulté le Bottin Mondain, en pure perte, bien entendu. Finalement, j'ai eu recours à papa. Tu sais qu'il est médecin, il connaît un tas de gens. Je lui raconte notre équipée, il commence par rire, et puis, en citant les noms, je le vois sursauter. « – Mais je crois bien! fait-il. Comment! Ils ont un chalet en Savoie? Je ne connaissais que leur villa de Provence. Alors, Marie-Françoise était absente et Jean-Luc invisible...

« – Tu les as donc vus, toi, Papa? Tu sais où ils habitent?

« – Évidemment. Marie-Françoise est bien jolie...

« – Et Jean-Luc, tu le connais?

« A ces mots, Papa paraît se rembrunir et me regarde d'une drôle de façon.

« – Ça, c'est une autre histoire... Pourtant, pourtant... si un jour... c'est peut-être une idée. J'en parlerai à Bretteville. Écoute, Christian, ne m'en demande pas davantage aujourd'hui, nous reparlerons de ça dans quelques jours.

« – Et l'adresse, j'ai le droit de la savoir?

« – Tant que tu voudras. Je serais même ravi que tu fasses plus ample connaissance avec le garçon. Mais pour l'instant, je ne m'en mêle pas. A toi d'agir comme tu l'entendras. » Maintenant, il n'y a plus qu'à téléphoner.

– Tout de suite?

– Pourquoi pas? Viens dans le bureau. Rappelle-toi : Invalides 89-22.

– Il est peut-être au Chalet?
– Il ne coûte rien d'essayer.
– Pourquoi ne l'as-tu pas fait?
– J'ai préféré t'attendre... Voilà l'appareil, installe-toi.
– Non, reste. Ne t'en vas pas...

A l'autre bout du fil retentit la sonnerie, puis le timbre d'une voix posée.

– Allo, j'écoute?...
– Joseph... murmure Rémy.

Son cœur cogne contre sa poitrine. Il faut pourtant parler. Sa voix est rauque, entrecoupée.

– Jean-Luc est-il là? Pourrais-je lui parler?
– De la part de qui?
– Rémy de Terny... C'est vrai, il ne se souvient peut-être pas... de la part du garçon qu'il a vu la semaine dernière au chalet. Du garçon qui est monté dans sa chambre...

Rémy perçoit une exclamation étouffée, mais Joseph ne coupe pas.

– Un instant, répond-il, je vais voir.

Comme cela dure! Rémy se raccroche à Christian, qui l'encourage du regard. On entend soudain, dans le micro, le bruit caractéristique d'une porte qui s'ouvre, des pas qui s'approchent, puis la voix fraîche, un peu essoufflée :

– Allo, ici Jean-Luc...
– Et moi, Rémy. Est-ce que tu me reconnais?
– Oui...
– Tu ne m'en veux pas, de téléphoner?
– Oh! Non...
– Écoute... (ici, Rémy s'arrête et respire un grand coup), écoute, je voudrais te revoir.
– ...
– Ça t'ennuie?
– ...
– Tu es fâché?
– Non, non, du tout...

– Alors?

– J'aime mieux pas tout de suite...

– Ça t'ennuie que j'aie appelé?

– Oh non, ça me fait plaisir, au contraire. Donne-moi ton adresse, je t'écrirai...

– Attends, ne quitte pas...

Rémy repose un instant l'appareil. Quelle adresse donner? La Cousine ouvre toutes les lettres et il ne veut point qu'elle lise celles de Jean-Luc. A aucun prix!

– ... Allo, reprend-il, ce n'est guère possible aujourd'hui. Je préfère t'écrire le premier, je t'expliquerai.

– Alors, quand?

– Veux-tu ce soir?

– Bien sûr!

– Au revoir...

– A bientôt!

Rémy repose l'appareil. Il a retrouvé Jean-Luc. Mais comment correspondre?

– Il me dit de lui écrire, et je ne sais quelle adresse lui donner, puisque la Cousine décachette tout. Poste restante, peut-être?

– Tu n'as pas l'âge. Impossible de t'écrire ici, Papa ne serait sûrement pas d'accord. Mais je lui en parlerai. Moi, personne n'a jamais lu mon courrier... En attendant, dis-lui de ne pas répondre, que ça pourrait t'attirer des ennuis. Par exemple, viens téléphoner ici tant que tu voudras. Ne t'inquiète pas, je vais y réfléchir et on arrangera ça. Enfin, tu ne regrettes pas d'être scout? D'être venu à *Montjoye?*

– Oh, non!...

Ils remontent chez Christian. Rémy est transfiguré. Le voilà qui contemple une grande photo d'Eric, prise à Birkenwald.

Christian sourit.

– Tu ne le connais pas encore : mais moi non plus, je ne connais pas ton nouvel ami!

3

PREMIÈRE VISITE

Bien calé sur ses oreillers, Jean-Luc profite d'une fin de grippe pour classer son courrier. La radio joue du Mozart; le chien, Rex, pourchasse une mouche à travers la chambre; le crépuscule descend sur le jardin. Jean-Luc relit les lettres des dernières semaines, place celles de son père dans un vieux coffret, plie et replie une large enveloppe timbrée aux armes de Swedenborg, s'attarde sur des copies d'écolier, couvertes d'une petite écriture violette, ronde et serrée.

Il relit pour la vingtième fois la première lettre de Rémy, postée le lendemain du jour où il a téléphoné. Toute la maison savait qu'il l'attendait : et le vieux Joseph, et la brave Marguerite son épouse, et cet ange de Marie-Françoise, radieuse de voir son frère heureux. Quand le facteur a sonné, il était déjà en bas, dans un petit salon à côté du hall. Il s'est jeté sur Joseph, qui lui tendait la lettre, a regrimpé les escaliers quatre à quatre, s'est installé devant sa table. Sa main tremblait tellement que le coupe-papier n'arrivait pas à s'infiltrer dans le défaut de l'enveloppe. Il sautait des lignes pour arriver plus vite à la fin, reprenait au début, savourant chaque phrase, s'arrêtant tous les dix mots.

Jean-Luc, avait écrit Rémy, *je suis content de t'avoir retrouvé! J'avais peur que tu sois fâché, que tu ne veuilles plus me revoir jamais. Depuis le départ du Chalet, j'ai pensé si souvent à toi. Le soir où j'y suis arrivé, pour la première fois de ma vie, j'étais heureux. Mais je ne prévoyais pas ce qui m'y attendait. Te rappelles-tu, quand tu jouais du piano et que ton chien me léchait la figure? Je me suis réveillé, juste le temps de vous apercevoir. Pardonne-moi d'avoir forcé ta porte; j'en suis encore tout ahuri. Surtout, crois bien que ce n'est pas la curiosité qui m'a poussé.*

Je ne peux t'écrire plus long ce soir. Ne me réponds pas. Je te dirai pourquoi.

RÉMY (DE TERNY)

Une seconde lettre avait immédiatement suivi.

Cher Jean-Luc,

Tu n'as plus de Maman et moi plus de Papa. Ma Mère s'est remariée à Los Angeles, et je ne l'ai pas revue depuis six ans. Je vis avec une vieille Cousine qui lirait sûrement mes lettres, aussi je préfère que tu ne m'écrives pas. C'est Christian d'Ancourt, dont tu connais le Père, qui m'a donné ton adresse. Il est mon Chef de Patrouille et mon seul ami. Ou plutôt, il était mon seul ami, avant toi.

Ce soir, j'ai un devoir de maths qui m'empoisonne. J'ai horreur des maths, et pourtant, je voudrais devenir aviateur. La Cousine refusera sûrement, mais, comme je serai grand, ça n'aura plus d'importance. Pour le moment, je suis bien forcé d'obéir. Je te téléphonerai dimanche.

RÉMY

La troisième venait huit ou dix jours après. Il y avait eu deux appels téléphoniques entre temps.

Mon vieux, disait Rémy, *ça ne peut pas durer éternellement. Suis-je ton ami, oui ou non? Je ne t'ai jamais reposé la question depuis mon premier coup de téléphone, et je ne te la reposerai plus. Mais quand me diras-tu : « – Viens, je t'attends? » Aujourd'hui, ce soir, demain ou dans dix ans? Si tu me connaissais mieux, tu ne réfléchirais pas tant.*

A bientôt, Jean-Luc, mon ami.

RÉMY

C'était la dernière, reçue mercredi matin. Déjà fiévreux, Jean-Luc avait failli téléphoner à Christian, pour le prier d'aller chercher Rémy. Une dernière honte l'en avait empêché. Maintenant, les dés étaient jetés, il l'appellerait avant dîner. On était au samedi. Il serait là demain.

Juste à cet instant, Marie-Françoise entra. C'était une fillette de onze à douze ans, toute en boucles d'or et en sourires charmants. Ses yeux lilas éclairaient un visage infiniment gracieux. Elle s'avança vers le lit, posa un petit baiser sur la joue de son frère, et l'examina tendrement, presque maternellement. Elle avait pour lui des attentions qui ravissaient son cœur trop lourd. Jean-Luc rayonnait. Marie-Françoise le questionna d'un clin d'œil.

– Mon Loulou Joli, dit Jean-Luc, j'ai pris une grande décision.

– ?...

– Tu te demandes quoi?

Marie-Françoise inclina gravement la tête, en signe de complète ignorance et de curiosité certaine.

– Tu le sauras la première, si tu fais exactement ce que je dis. Ouvre la porte, cherche le téléphone, et amène-le le plus près possible... Non, ne dis rien. Pose l'appareil sur le tapis, assieds-toi. Prends le récepteur. Appelle Odéon 84-28... Demande si Christian d'Ancourt est là... On va le chercher?... Alors, dis-lui que Rémy vienne quand il voudra.

Les yeux lilas s'emplirent de paillettes, et le visage de la fillette refléta un bonheur intense. Boulevard Saint-Germain, Christian était tout ému. Il n'avait guère le temps de s'occuper des filles, qu'il trouvait généralement bêtes et chichiteuses, mais le souvenir de certaine photographie lui revenait sans cesse en mémoire.

« – Est-il possible, se demandait-il en l'écoutant, est-il possible d'être à la fois si grave et si gentille? » La petite voix lui paraissait égrener des notes. – Il sera là demain, promit-il, entre six et six heures et quart. Aussitôt après la sortie.

Marie-Françoise raccrocha, remit l'appareil en place. Jean-Luc abandonna les lettres de Rémy, qu'il savait maintenant par cœur, et redéplia l'enveloppe venue de Norvège.

Cher Jean-Luc, écrivait Eric, *merci de tes nouvelles que je souhaitais meilleures. Tu m'avais presque promis cet hiver de faire signe à mon ami Christian. Et non seulement tu ne t'exécutes pas, mais lorsque, par un dessein bien arrêté de la Providence, il te tombe entre les pattes, tu le combles de politesses, sans même lui permettre de t'entrapercevoir. Ce n'est pas raisonnable, et Marie-Françoise sera sûrement de mon avis.*

Je passerai quelques jours à Paris fin avril ou début mai. Si tu n'es pas là, je vais te chercher où que tu sois, et te ramène par la peau du cou.

Sur ce, je t'embrasse. Agenouille-toi pour moi devant le Loulou Joli. Jef et Nils t'envoient leur amitié.

Tibi,

Eric

– Demain je me lève, dit Jean-Luc. Je n'aurai plus de fièvre et je serai guéri.

– Pas d'imprudence, s'il te plaît!

– Aucune imprudence : puisque je serai guéri!

La nuit passa tranquille. Jean-Luc lut sagement sa Messe au lit, et se leva un peu avant midi. Le déjeuner fut très gai. Jean-Luc ne cessa de taquiner sa sœur et de tenir des propos anarchistes, dans le but avoué de terroriser Marguerite.

Il s'interrompit soudain, la bouche pleine et la fourchette en l'air.

– Si on *le* gardait à dîner? Crois-tu qu'il acceptera?

– Je ne pense pas, fit Marie-Françoise, dont le front se rembrunit. Tu oublies la Cousine.

– C'est tout de même inimaginable! Quand Papa rentrera, il ne refusera certainement pas d'y aller. J'espère qu'il l'amadouera.

– Votre Papa est si aimable, intervint Marguerite, qu'il obtient tout ce qu'il veut. Mais ce n'est pas une raison pour s'arrêter de manger. Avance ton assiette, mon Minet, je te redonne de la salade.

La vieille Marguerite avait connu M. de Bretteville enfant, vu naître le frère et la sœur. La plus grande joie des petits était de déjeuner le dimanche à l'office, avec elle et Joseph.

– Que fais-tu cet après-midi? demanda la fillette à Jean-Luc au moment de quitter la table.

– J'ai beaucoup de travail en retard. Je vais m'y mettre. Et toi?

– D'abord, écrire à Papa. Ensuite, je ne sais pas. J'irai peut-être au Luxembourg, et sûrement au Salut.

Le garçon remonta dans sa chambre, et se mit courageusement à l'étude. Un vieil abbé venait chaque jour lui donner sa leçon. Tout vieux, tout cassé, il était d'une douceur et d'une patience difficilement concevables. Parfois, l'élève en abusait. Alors, l'abbé descendait ses lunettes et le regardait, si suppliant, que Jean-Luc rentrait aussitôt dans le droit chemin.

– Voyons, Jeannot, il faut travailler, beaucoup travailler, si plus tard tu veux être médecin.

L'après-midi s'écoulait avec une lenteur extrême. Jean-Luc regardait sa montre à tout instant. Enfin, le jour commença de baisser.

« – Il va bientôt venir », pensa-t-il en poussant un profond soupir.

Un peu avant six heures, il descendit dans le hall, alluma toutes les lampes du rez-de-chaussée, se rendit à l'office, prévint Joseph.

– C'est moi qui ouvrirai la porte...

Puis il s'installa dans un fauteuil et attendit. A six heures cinq, la sonnette tinta.

Le cœur de Jean-Luc battit très fort. Il passa la main sur son front, rejeta la tête en arrière et se dirigea vers la porte.

Il l'ouvrit d'un seul coup. Dehors, Rémy attendait, tête nue, encore plus pâle que lui.

Jean-Luc resta plusieurs secondes immobile dans la clarté des lampes. Il avait un air dur, presque de défi.

Rémy ne bougeait pas davantage. On l'entendait respirer. Ce fut pourtant lui qui rompit le silence.

– Je peux entrer? demanda-t-il en ébauchant un sourire.

– Tu veux toujours?

– Oui, toujours.

– Alors, viens...

Jean-Luc s'effaça pour le laisser passer.

4

MADEMOISELLE DE TERNY, MÈRE DE FAMILLE

Ces dames de l'Ouvroir se réunissaient le mercredi, de quatorze à seize heures. Elles apportaient leur tricot et mettaient en commun les derniers potins de la paroisse. La Présidente, qui menait le Bon Dieu tambour battant, dirigeait les débats. Ce jour-là, Cousine Hortense initiait une nouvelle recrue, la Générale Monsabre, aux mystères du point de jarretière, quand une demoiselle entre deux âges, mais bardée de dentelles, la félicita d'un air faussement confidentiel. Étonnée, Mlle de Terny sollicita un supplément d'information.

– Comment! claironna la demoiselle. Vous n'êtes pas au courant?

– Pas le moins du monde, Edmée. De quoi s'agit-il donc?

– De votre petit cousin, voyons! On le ramène du lycée en automobile, maintenant. Et pas tout seul! Si j'en crois notre amie, la Chanoinesse des Écury, une charmante personne lui tient habituellement compagnie.

– Rémy? C'est impossible!

Abasourdie, Mlle de Terny planta la Générale et rapprocha sa chaise.

– Je n'invente rien, ma chère Hortense. La Chanoinesse vous donnera tous les détails. Précisément, la voici.

– Ma bonne amie, déclarait quelques instants plus tard

cette sainte femme, c'est purement insensé! Passant la semaine dernière devant l'école, à l'heure de la sortie, je vois une voiture de maître arrêtée près de la porte. Je n'y aurais prêté aucune espèce d'attention, si je ne l'avais remarqué une fillette assise à l'intérieur. Une fillette, je dois le dire, assez jolie. Je ne peux m'empêcher de songer que ce n'est guère la place d'une enfant, disons le mot, déjà provocante, au milieu de tous ces garçons. Soudain, qu'aperçois-je? Votre Rémy, ma chère, qui s'avance vers la voiture, ouvre la portière et s'installe comme chez lui! Tout juste s'il n'embrasse pas la petite!

– Et vous n'avez rien dit!

– Je ne me le serais jamais permis! Mais hier, tout à fait par hasard, je suis repassé à la même heure devant le collège, et une scène identique s'est reproduite. Je me rendais chez notre Vice-Présidente, obligée, comme vous le savez, de garder la chambre. Je lui ai demandé son avis. Elle a estimé que vous deviez être immédiatement avertie.

Mlle de Terny était en proie à la plus vive émotion. La parole de la Chanoinesse ne pouvait être mise en doute, mais la conduite de Rémy dépassait son entendement. Au comble de l'excitation, une douzaine de bonnes âmes guettaient ses réactions.

– Avant toute chose, permettez-moi, Mesdames, de m'excuser pour le scandale provoqué par ce garçon. J'ai à peine besoin de vous dire que cela s'est fait sans mon consentement...

Un concert de protestations interrompit ce début d'explication : personne ne suspectait la rigueur de son intention.

– ...Dès ce soir, j'interrogerai cet enfant. De gré ou de force, je saurai la vérité. A la demande expresse de Monsieur le Curé, j'avais relâché mon autorité. Tout va rentrer dans l'ordre. Pour commencer, les scouts sont définitivement supprimés.

– Je vous avais prévenue, laissa tomber la Présidente :

je n'ai jamais consenti à leur confier mes fils. Mais votre méthode ne me paraît pas sans danger. Prenez-le sur le fait, au contraire : autrement, il aurait beau jeu de tout nier.

*
* *

Mlle de Terny rentra chez elle, agitant les plus sombres pensées. Elle était inquiète, et surtout humiliée. Désireuse de ne pas donner l'éveil, elle se composa une attitude indifférente en gravissant l'escalier. Rémy achevait de goûter dans sa chambre. Son portefeuille traînait sur une table. L'envie de l'examiner suggéra une ruse de guerre à la Cousine.

– Rémy, dit-elle d'un ton très confiture de roses, j'ai oublié de demander au concierge s'il y avait du courrier. Veux-tu être assez gentil pour descendre?

Le garçon disparu, Mlle de Terny se rua sur le portefeuille. Un cri de triomphe lui échappa bientôt : elle venait d'en retirer une photographie inconnue : deux enfants en costume de ski animaient un paysage de neige.

– Des garçons! fit la Cousine déçue. Des garçons? Mes lunettes, où sont mes lunettes?... Oui... celui-ci, de profil, mais celui-là, avec ses boucles, c'est une fille! En pantalon!... Voyons au dos... ah, une inscription : *Noël* 37. *Le Loulou Joli et ton serviteur.* Le Loulou Joli!... Aucun doute, c'est cette petite drôlesse... quel milieu, mon Dieu, quel milieu!

Elle remit précipitamment le portefeuille en place : Rémy tournait la clef dans la serrure. Il la vit sortir de sa chambre, sentit que l'inattendu venait de se produire. Une photo gisait sur la carpette! Marie-Françoise, chatouillant avec une longue baguette le dos de Jean-Luc, à moitié enfoui dans le sable d'une petite plage de Provence. La Cousine n'avait pas remarqué sa chute.

– Elle a fouillé mon portefeuille! murmura Rémy atterré. Elle va tout découvrir...

– Rémy!

– Ma Cousine?

– Il est temps de commencer tes devoirs, mon enfant. Ne lambine pas, je t'en prie...

Il s'installa à la salle à manger, commença une préparation latine, remua sa grammaire, son lexique. Il écrivait n'importe quoi, au petit bonheur. César pouvait bâtir un pont ou assiéger une ville, son esprit était ailleurs. Une seule question : que croit la Cousine? Dieu sait cependant s'il est prudent! Rue de Varenne, il y va seulement le dimanche, lorsque la sortie ne s'achève pas trop tard, et deux fois par semaine, Joseph, en ramenant Marie-Françoise de sa pension, le cueille à la sortie du lycée. L'Hispano le conduit chez Jean-Luc et, vingt minutes après, le dépose au coin de sa rue. Jamais il n'a eu le moindre retard, mais peut-être a-t-il été vu.

Le dîner se déroule sans incidents, la veillée n'apporte ni drame ni catastrophe. Rémy se couche, éteint, mais ne peut s'endormir. Quel malheur de vivre en se cachant! Heureusement, M. de Bretteville sera là dans quelques jours, et tout s'arrangera. Le père de Jean-Luc n'est pas diplomate pour rien. Aïe...

On tourne le bouton de la porte. Elle livre passage à la Cousine. La lampe du corridor éclaire suffisamment la chambre. Mlle de Terny s'assure que Rémy est bien endormi, rafle son cartable et sa culotte. Elle les rapportera quelques instants plus tard : les poches ne recélaient aucun secret, la serviette n'abritait aucun document.

« – Ça devient vraiment dangereux, se dit Rémy. J'irai pour la dernière fois vendredi... »

Jeudi morose, vendredi printanier. A quatre heures, Marie-Françoise, blottie au fond de l'Hispano, voit Rémy inspecter les quatre points cardinaux avant de monter dans l'auto. Joseph démarre, suivi de près par un taxi que personne n'a remarqué.

Le portail du jardin est grand ouvert. Marguerite, accourue, le referme sur la voiture. Rex gambade autour des enfants. Mais Jean-Luc est absent.

– Ne vous inquiétez pas, dit Marguerite, il sera bientôt de retour. Vous savez d'ailleurs où il se trouve.

– Va vite au *Palais Bleu,* presse Marie-Françoise. Un paquet y est arrivé pour toi.

– Un paquet? De qui?

– Ah, voilà...

– Tu le sais, toi?

– Je le dirai quand tu seras revenu. Dépêche-toi, Marguerite verse le chocolat.

Rémy franchit les portes du Palais. Élégamment disposé sur un divan, un superbe costume gris clair l'y attend. Avec deux chemises à son chiffre, un pull à ses initiales, une ceinture de cuir rouge, des socquettes et une paire de chaussures à semelles de crêpes.

Fou de joie, Rémy saute dans toute cette splendeur, dévale les escaliers, se présente au jardin.

– Mon Dieu! s'extasie Marguerite, qu'il est beau, cet enfant!

– Vrai, approuve Marie-Françoise, on dirait un Prince!

De fait, Rémy est un autre garçon. Bien pris dans son costume, le cou dégagé, les genoux libres, il éclate de bonheur contenu.

– Une glace, supplie Rémy, je veux une glace! Où y a-t-il une glace?

– Au premier, dans la salle de bains de Papa.

Il s'éclipse à nouveau, avale un étage, et traverse la chambre de M. de Bretteville en ouragan, lorsque le timbre de la porte d'entrée vibre à grands coups précipités.

– Jean-Luc! s'écrie-t-il.

Il se précipite à la fenêtre, l'ouvre sans ménagements : cinq mètres au-dessous de lui, Mlle de Terny appuie sur la sonnette.

... Le portail s'est refermé devant la Cousine. Elle a renvoyé son taxi, et la voici devant un hôtel particulier, comme il en existe tant rue de Varenne. Un immense jardin, clos de murs, prolonge ses deux ailes. Mlle de Terny est profondément intriguée : dans quel guêpier son petit cousin est-il allé se fourrer? Guêpier de belle allure, mais guêpier sans nul doute. Elle a un sentiment très net de ses responsabilités, de ses devoirs. Pour élever Rémy, mieux vaut sévir que transiger. Et surtout, ne jamais admettre qu'il puisse échapper.

Elle sonne. Le bruit d'une croisée qui claque, lui fait lever la tête. Un morceau de voilage flotte par la fenêtre. Mais on demeure sourd à ses appels.

– Cela promet... Voyons la porte du jardin.

Cette fois, Mlle de Terny agite une énorme cloche. On doit l'entendre des immeubles voisins. Seuls lui répondent les furieux aboiements d'un chien.

On ne résiste pas à la Cousine Hortense. Elle s'agrippe au portail et passe aux sommations d'usage.

– Ouvrez! Ou je requiers la maréchaussée! Ouvrez, ou je vous attaque pour détournement d'enfant!

Les aboiements redoublent. Les passants ralentissent. Mais la grille reste obstinément fermée.

La fureur de la Cousine éclate. Elle se suspend à la cloche, brise la pomme de son parapluie contre la grille, hurle à pleins poumons :

– Au secours, à l'aide, à l'assassin, on a volé mon enfant!...

Dans la rue, la foule commence à s'amasser. Alors, la grille s'entrouvre et Mlle de Terny brandissant son parapluie cassé, pénètre dans la place.

Elle n'est pas au bout de ses peines : l'œil étincelant, les babines retroussées, Rex l'empêche d'avancer.

– Attachez ce chien! commande-t-elle à Joseph médusé. Attachez ce chien et rendez-moi mon neveu. Immédiatement! Taisez-vous, il est ici, je l'ai vu!

Joseph est consterné. Il essaye d'un timide :

– Si Madame veut bien se donner la peine d'entrer...

La Cousine n'est pas femme à se laisser attendrir.

– Mademoiselle! Mademoiselle de Terny!... Je n'entre pas. Je veux, j'exige mon neveu! Quand il sera là, vous pourrez toujours m'annoncer à votre maître... Mais je rêve...

Elle pousse un sifflement, se jette sur Rémy pétrifié, qu'elle vient seulement de reconnaître, et le gifle à tour de bras.

– Quel est ce vêtement? Quelle est cette maison? Comment as-tu osé venir ici sans mon autorisation? Réponds, entends-tu, réponds!

Subitement tournée vers Marie-Françoise, elle pointe un index vengeur vers les boucles blondes.

– Et vous, je sais qui vous êtes! Une créature, qui ne craint pas de s'exhiber avec le premier garçon venu dans sa voiture! Je vais faire mon compliment à Madame votre Mère. Et d'abord, où sont vos parents? J'entends les voir sur-le-champ.

Joseph a repris quelque sang-froid.

– Il n'y a personne actuellement, dit-il assez fermement, c'est moi qui assume la garde des enfants.

– Comment, personne! Vous êtes de mèche, mon ami, vous êtes payé! Vous trompez indignement la confiance de vos maîtres! Obéissez, ou je pars moi-même à leur recherche.

– Mademoiselle peut bien visiter la maison, risque Marguerite, elle ne trouvera personne.

Marie-Françoise s'avance :

– Joseph dit vrai, Mademoiselle. Mon Père ne sera auprès de nous que dans quelques jours. Il vous présentera nos excuses et nos regrets. Rémy n'est pas fautif. C'est nous qui l'avons attiré ici.

– Rien ne m'étonne d'une jeune fille aussi peu modeste. Vous promettez, mon enfant! Rémy, je te donne une minute pour te changer et revenir.

Rémy disparaît avec le poids du monde sur les épaules. Tout à l'heure, Marguerite lui conseillait de fuir par le fond du jardin. Puni pour puni, il a préféré affronter l'orage sur les lieux de son pauvre bonheur. Il est las, honteux d'avoir été giflé en public par une femme qui n'est pas sa mère, affolé à l'idée de ne plus revoir Jean-Luc. Il remet la chemise grise, la culotte ridicule, la cravate en ficelle, le chandail marron. Il avise un bloc-notes, un crayon.

« *Jean-Luc,* écrit-il, *la Cousine sait tout. Que ton Papa vienne vite à la maison, sinon je ne reviendrai jamais. J'ai envie de la tuer, de me sauver, de faire n'importe quoi. Ton ami pour la vie.*

RÉMY.

P.-S. Préviens Christian. »

– Rémy, lance du jardin Mlle de Terny, Rémy, faut-il te chercher?

Elle a imposé silence aux domestiques, mais Marie-Françoise lui tient tête. La Cousine a beau tempêter, le Loulou Joli ne baisse pas les yeux.

– Impertinente, petite impertinente! s'emporte la Cousine, vous auriez bien besoin d'un séjour au couvent! Cela vous réussirait mieux que la fréquentation des garçons!

– Mon Père n'y voit aucun mal, Mademoiselle, et son

accord me suffit. Il souhaiterait, je suis sûre, en recevoir tous les jours, d'aussi bien élevés que Rémy.

– Je vous dispense de vos réflexions!

Marie-Françoise tente d'embrasser Rémy. Mlle de Terny la repousse et gifle à nouveau le garçon. Joseph l'enveloppe d'un long regard apitoyé, et rouvre la grille. Mlle de Terny fait avancer un adolescent aux yeux secs, qui murmure sourdement : « – Je me vengerai! »

Le chemin paraît sans fin, de la rue de Varenne à la toute proche cité Vaneau. Une main gantée de suédine frapperait volontiers les joues brûlantes si une flamme soudaine ne venait incendier le regard du garçon. Rémy ignorera toujours que, durant ce trajet, il a fait peur à la Cousine.

– Mets-toi à genoux! ordonne-t-elle une fois dans la salle à manger. Tu vas tout me raconter, tout me dire, sans rien omettre ni oublier. Tu seras puni pour ta désobéissance et ton hypocrisie, mais tu le seras bien davantage encore, si tu me caches quelque chose... Tu m'as entendue?... Ah ça, vas-tu répondre?

– Je n'ai rien fait de mal! proteste Rémy. Et malgré les menaces, malgré les coups, la Cousine ne peut vaincre son silence obstiné.

– C'est bien, décide-t-elle, à bout d'arguments. Désormais, tu ne sortiras d'ici que pour aller en classe. Je t'accompagnerai moi-même. Tu te contenteras de pain sec et d'eau jusqu'à nouvel ordre. Quant aux scouts, c'est un chapitre auquel tu ne t'étonneras pas de me voir mettre le point final. Maintenant, apprends tes leçons. Non, non, pas vautré sur une chaise, à genoux!

La séance commence. Mlle de Terny lit une vie de Saint Bonaventure, Rémy fixe sans la voir une phrase de la grammaire latine. Un bon quart d'heure s'écoule, puis on entend tinter le grelot de la porte d'entrée. La Cousine se lève, va ouvrir. Rémy reconnaît la voix de Christian.

– Je vous interdis de remettre les pieds ici, articule

Mlle de Terny. Rémy n'appartient plus à votre association, je lui ai défendu de vous revoir. Allez-vous-en.

La porte claque. La Cousine délaisse Bonaventure pour repriser une paire de bas. Mistigris somnole, Rémy s'assied sur ses talons.

– Fais tes devoirs, lui dit-on.

Le garçon aborde un problème de géométrie. Aucune chance de trouver la solution.

Vers sept heures, il dresse l'oreille : n'entend-il point le klaxon de l'Hispano? Cinq minutes plus tard, le grelot tinte à nouveau.

– Mon Dieu! supplie Rémy. Pourvu que ce ne soit pas Jean-Luc, pourvu que ce ne soit pas lui!

La Cousine va une fois de plus à la porte. Rémy bondit à la fenêtre. A travers les persiennes, on distingue la masse sombre d'une voiture en station. Rémy donnerait dix ans de sa vie pour que ce ne soit pas Jean-Luc. Dans l'entrée, la Cousine ironise :

– Une lettre, à présent! Eh bien, mon ami, remportez-la avec mes compliments.

Mais le ton change :

– On ose forcer ma porte! On ose me pourchasser jusqu'ici! Sous mon toit! Sortez! Et si vous franchissez à nouveau le seuil de cet immeuble, je vous fais jeter dehors par les concierges!

L'ennemi recule en désordre : Mlle de Terny a gagné la bataille. Elle accable le vaincu :

– Vraiment, je ne te savais pas intéressant à ce point : la prochaine fois, on me dépêchera un ambassadeur!

A ces mots, le garçon réprime un semblant de sourire. La Cousine s'emporte, le renvoie dans sa chambre, pose sur son étagère un verre d'eau et un morceau de pain.

– La soupe, tu la mangeras en guise de café au lait demain matin!

L'examen des devoirs déchaîne un nouvel orage. La réci-

tation des leçons tourne au désastre. Rémy n'a rien achevé, ne sait rien.

Pâle de colère, la Cousine se retire, le boucle à double tour et met la clef dans sa poche. Rémy se jette en pleurant sur son lit, accuse le Ciel qui l'abandonne et jure de ne plus dire ses prières. L'énormité du propos le fait revenir à de meilleurs sentiments. Certes, il avait d'excellentes raisons pour se taire, mais la Cousine n'a pas tous les torts. Hélas! La vie est trop compliquée.

– Je veux bien lui pardonner, soupire-t-il. Quant à l'aimer, jamais!

5

LE PROTONOTAIRE

La première fois, Rémy avait cru à une coïncidence. Mais comme cela durait depuis huit jours, il était bien obligé de se rendre à l'évidence.

Mlle de Terny l'accompagnait chaque matin au lycée, et grossissait chaque soir la foule des parents venus à la rencontre des plus jeunes. Il était impossible d'approcher le garçon, et Daniel ne s'y était pas risqué : nonchalamment appuyé contre la grille, perdu dans la foule des élèves, il s'était contenté de sourire en le regardant passer.

Cela s'était produit le lundi. Le jour suivant, Patrick caressait son insigne à la même place. Le lendemain, Michel le saluait d'une horrible grimace. Et depuis lors, la Patrouille était quotidiennement fidèle au silencieux rendez-vous. Rémy prenait conscience de ce qu'elle était pour lui, s'émerveillait de ce qu'il paraissait être pour elle. Aucun des six garçons ne fréquentant ce lycée, ils prenaient la garde à tour de rôle. Parfois, Philippe, qui habitait tout près, remplaçait Patrick ou Michou. Aux yeux de son ancienne Patrouille, l'Assistant comptait toujours au Loup.

« Tout finira par s'arranger », pensait Rémy tranquillisé, tandis que la Cousine désespérait de réduire pareil entêté.

Elle avait reçu la visite simultanée du Chef et de l'Aumônier, leur avait réservé un accueil glacé :

– Je regrette, Monsieur l'Abbé, oh, je regrette, de m'en être séparée! Voyez comme je suis récompensée! Votre œuvre convient peut-être aux enfants que rien n'attache à leur foyer, mais, Dieu merci, ce n'est pas le cas de celui-ci.

Et comme le Scoutmestre avait le malheur d'insister :

– Vos scouts sont des voyous! Paresseux, menteur, débauché, voilà maintenant mon neveu! Quant à moi, j'ignore encore le nom des gens qui ont réussi à l'attirer chez eux.

– Rémy ne vous a pas renseignée?

– Vous prétendriez le faire avouer?

– Avec votre autorisation, oui, Mademoiselle.

Rémy fut introduit au salon.

– Mon fils, lui dit l'Aumônier, tu dois la vérité à ta Tante et à tes Chefs. Il faut dire chez qui on t'a rencontré.

Rémy n'hésita qu'un instant.

– Chez Marie-Françoise et Jean-Luc de Bretteville. Leur père est ambassadeur.

– Comment les as-tu connus?

– Au Mardi-Gras. On s'est réfugié dans leur chalet de Savoie, un soir que j'avais cassé mes skis.

– Pourquoi n'en as-tu jamais parlé à Mademoiselle de Terny?

Rémy haussa les épaules :

– Je ne sais pas...

– Retourne dans ta chambre, ordonna la Cousine ulcérée. Et s'adressant à l'Aumônier : – Vos méthodes, Monsieur l'Abbé, me paraissent peu compatibles avec mes principes d'éducation. N'espérez pas modifier ma décision...

Les vacances interrompirent la muette manifestation du Loup. La Semaine Sainte amena un redoublement d'austérité, et une convocation pour le camp, qui fut immédiatement jetée au panier. Le Mercredi Saint, retour des Ténèbres, Mlle de Terny, précédée de Rémy, croisa Riquet dans l'escalier. Le seigneur Peau-de-Figue disparaissait sous un amoncellement de cartons et de paquets. Il s'effaça devant la Cousine si maladroitement, que son chargement dégringola sur les marches, obstruant le passage. Le tout si bien préparé, que Mlle de Terny mit un bon moment à s'apercevoir qu'elle était jouée. Ramassant ses emballages, Henri avait glissé trois ou quatre mots à l'oreille de Rémy. Courroucée, la Cousine sépara les deux larrons, mais le mal était fait.

Elle tremblait encore d'indignation en tournant les boutons de sa *Sonorette.* Amie d'un progrès raisonnable, Mlle de Terny prenait volontiers les informations religieuses ou les recettes ménagères prodiguées par la T. S. F. Vieux de plusieurs années, son poste crachait autant de parasites que de pieux conseils. L'oreille tendue, Rémy prêtait une attention inaccoutumée aux exhortations d'un dominicain renommé. Rarement l'audition avait paru si médiocre. Pourtant, Rémy ne perdait pas une syllabe. « – Écoute la radio! » avait soufflé Riquet. Il écoutait.

– Ce n'est pas possible, s'impatienta Mlle de Terny, on le fait exprès... Je parie que ce jeune voyou d'à côté a branché l'aspirateur ou le balai mécanique! Eh bien, Rémy, tu entends des voix? C'est intolérable, à la fin... File me chercher le concierge... ou plutôt non, reste ici. J'y vais moi-même...

– ...Pourvu qu'il comprenne! soupirait effectivement Riquet, en actionnant de sa chambre un vieil appareil à étincelles. C'est pourtant clair: « *...fouille le trou du poêle à la lingerie, fouille le trou du poêle...* » Entrez, oui, qu'est-ce que c'est? ... Tu dis, M'man? Les voisins se plaignent? ... Bon, j'arrête... oh, elle nous court, la vieille peau!...

– Henri, voyons...

« – *...le trou du poêle...* » , se répétait Rémy. Mais il n'y a point de poêle, à la lingerie!

Durant la moitié du repas, il chercha ce que voulait Riquet. La lumière se fit en pelant une pomme de terre bouillie. Dès lors, il attendit l'heure du coucher avec une folle impatience. La lingerie était une sorte de débarras où la Cousine rangeait ses pots de confitures, entassait ses vieux papiers, ses ficelles, classait ses livraisons du *Petit Echo de la Mode* et la collection complète du *Bulletin Paroissial,* reliée depuis 1906. L'appartement, quoique doté du chauffage central, conservait ses anciennes cheminées. La lingerie n'en possédait pas, mais l'un de ses murs s'agrémentait d'un trou aujourd'hui soigneusement bouché. Jadis, une seule famille occupait l'étage. Elle avait installé un poêle dans la petite pièce devenue le débarras de Mlle de Terny, et percé un trou dans la cloison pour raccorder le tuyau à la cheminée voisine, qui se trouvait précisément dans l'autre appartement, celui actuellement occupé par les parents d'Henri. La famille partie, les nouveaux occupants, deux locataires étrangers l'un à l'autre, s'étaient empressés de boucher le trou. Une double plaque de tôle avait suffi.

« – ...Si Henri m'invite à fouiller, c'est que la plaque se déplace sans trop de difficultés. J'essayerai cette nuit... »

Il ne pouvait profiter d'une absence de la Cousine, puisque enfermé dans sa chambre chaque fois qu'elle sortait sans lui. Les heures coulaient, lentes, chargées d'espoir et de secret. On échangea le rituel « – Bonsoir, ma Cousine – Bonsoir, Rémy. » Vint le moment où la pendule du corridor sonna minuit. Mlle de Terny éteignait régulièrement à onze heures, Rémy obligatoirement cinq minutes après avoir quitté la salle à manger.

« – Elle dort, pensa le garçon en rejetant ses couvertures. Allons-y. »

...Il avance avec d'infinies précautions. Ses chaussons glissent sur le parquet. La lingerie n'est pas loin, mais donner la lumière ou heurter quelque meuble serait pareillement redoutable. Rémy marche au jugé. Il atteint le débarras plusieurs minutes après avoir quitté son lit. Le bouton grince, Rémy s'arrête, recommence. Le bouton grince plus fort, Rémy le tourne d'un geste rapide. Le bruit lui paraît effroyable. Il écoute, les nerfs tendus, la gorge sèche : Mlle de Terny dort toujours. Il glisse dans la pièce, referme soigneusement la porte, appuie sur le commutateur. Avec l'escabeau, il atteindra facilement la plaque. La chance le sert : un anneau fixé au bouchon ne demande qu'à lui rendre service. Il tire, et la cachette livre ses trésors. Rémy enfouit trois lettres dans la poche de son pyjama, prend immédiatement connaissance d'un court billet d'Henri :

« *Cher Rémy,* a-t-il écrit, *nous voudrions te revoir bientôt. J'espère que tu auras compris mes signaux. Utilise sans crainte cette boîte aux lettres, demande-moi ce que tu veux, et surtout ne perds pas courage. Ton frère scout, HENRI.* »

Rémy regagne sa chambre, cherche à tâtons une lampe électrique, cadeau de Christian, se remet au lit. Il n'ose allumer le plafonnier, cette clarté insolite risquant d'éveiller Mlle de Terny : la porte de sa cousine est dépourvue de bourrelets, la sienne est à moitié vitrée. Il étouffe un peu sous l'édredon, mais grâce à sa petite lampe, y voit suffisamment. Sur deux des enveloppes, il reconnaît l'écriture de Christian. La première lettre, remise à Riquet sitôt l'événement, datait de plusieurs jours, la seconde de la veille.

« *Mon pauvre vieux,* s'apitoyait le C. P., *Jean-Luc vient de me téléphoner. Il est évidemment aux cent coups. Ne t'inquiète pas, on va donner l'assaut à ta Cousine. Sois sage, on pense à toi. CHRISTIAN.* »

Avait suivi l'infructueuse démarche de la Scoutmaîtrise. Aussi, l'autre message était-il beaucoup plus long.

« *Mon cher Rémy,* lut le prisonnier, *puisque tu t'exerces à l'état monastique, pour lequel je ne te crois aucune vocation, il faut bien qu'on te tienne au courant des choses de ce siècle. D'abord, tu as pu te convaincre que nous ne t'abandonnions pas. Tu connais l'éternelle devise : un pour tous, tous pour un. Malheureusement, le moral de Jean-Luc ne s'améliore guère : il ferait n'importe quoi.*

Montre-toi courageux : je crains que nous ne partions au camp sans toi. M. de Bretteville a malencontreusement remis son retour au dimanche de Quasimodo, et Mgr Thieulot-Darbois, l'ami de ta Cousine, est à Rome. On prétend qu'il va devenir Évêque. C'est ça qui arrangerait nos affaires!

Enfin, Eric sera là les derniers jours du mois. Le 30 on organise un grand souper de Patrouille à la maison. Bien entendu, tu en seras. Au besoin, Eric viendra te chercher sous escorte. Mlle de Terny n'oserait contrarier un souverain. Celui-ci est d'ailleurs capable de la nommer Dame d'Honneur et Chevalier de l'Ourse Bleue. Tu vois ça d'ici!

Au camp, le fanion du Loup ne monte jamais jusqu'au sommet du mât de Patrouille, lorsque l'un de nous est manquant. Nous ne pourrons donc oublier, fût-ce un instant, ton absence.

Je t'en prie, ne désespère pas, ne chiâle pas, ça s'arrangera.

CHRISTIAN.

P.-S. – Bonnes Pâques quand même! »

Rémy sentait confusément qu'il participait à une seconde vie dont il n'était plus libre de modifier le cours, que rien ni personne ne pourrait combler le vide de son absence. Depuis six mois, sa Patrouille lui tendait les bras. Il s'y jeta, confiant.

La dernière lettre émanait de Jean-Luc. Rémy prit grand soin de ne point rompre le cachet, un cygne d'or sur champ d'azur. De l'enveloppe, il tira deux feuillets, un brin de muguet presque éclos et une petite photo. Il la regarda tout de suite : c'était Jean-Luc. Marie-Françoise l'avait prise pour lui être agréable, et lui envoyait l'unique brin de muguet cueilli le matin même au jardin.

La pile agonisait. Rémy acheva sa lecture de justesse.

« ... *Tu ne peux imaginer la soirée qui suivit ton départ. Marie-Françoise a aussitôt prévenu Christian, qui a rappelé peu après, pour conter l'accueil de ta Cousine. Je lui ai immédiatement fait tenir une longue lettre, disant comment nous nous étions connus dans la montagne, comment nous nous étions revus, pourquoi tu n'avais rien osé lui dire. J'y joignais les excuses de Marie-Françoise qui ne lui en devait pas, et les miennes. Bref, de quoi ramollir les pierres. Joseph a rapporté la lettre intacte.*

Alors, j'ai voulu y aller moi-même. Mais Marie-Françoise a eu peur que ça n'envenime les choses, et m'a conseillé d'attendre le retour de Papa, qui ne rentre malheureusement pas avant la fin du mois. En tout cas, je reste à Paris toutes les vacances : c'est beau, la patience! Marie-Françoise a une idée épatante : que tu viennes avec nous en Provence, pour les grandes vacances. Le voudras-tu?

J'ai reçu un mot d'Eric de Swedenborg, qui me reproche de n'avoir pas encore fait signe à Christian. Il a raison, mais c'est plus fort que moi. Ton C. P. est pourtant un type formidable. Depuis qu'il t'a donné mon adresse, pas une seule fois il n'a tenté de découvrir ce que je ne voulais pas lui dire.

Bientôt Pâques. Je suis triste que tu ne puisses camper! Moi, j'ai l'habitude, mais toi, tu ne méritais pas ça. Marie-Françoise a pris la photo que je t'envoie. Te souviens-tu du marbre rose, dans la grande salle du chalet? Cette épreuve me paraît de la même farine. Tant mieux si tu t'en contentes. Je compte les jours. Ton ami,

JEAN-LUC.

P.-S. – J'oubliais le plus important : Christian m'a parlé de Mgr Thieulot-Darbois. Sais-tu que c'est un vieil ami de Papa? Courage, mon vieux! On s'en tirera.

Naturellement, si tu désires que je me montre cité Vaneau... »

– Cela, jamais! gronda Rémy. Plutôt mourir!

L'aube le surprit dormant la lettre entre les mains, le muguet caché sous le traversin. Le matin ramena les tartines sans beurre et la Cousine. Mlle de Terny ne s'était doutée de rien.

*
* *

Dix-sept avril. Triste matin de Pâques, malgré la Grand-messe éclatante d'alleluias. Rémy songe à un ciel d'Auvergne, où, à cause de lui, un fanion rouge et noir n'a pas atteint le haut d'un mât. Il se force à prier, s'avoue que la Cousine a encore quelques droits. Mais pourquoi les grandes personnes saccagent-elles toujours ce qu'elles ne peuvent pas comprendre? Assise à son côté, Mlle de Terny l'observe à la dérobée. L'enfant a perdu son air farouche. Un instant touchée par cette étrange douceur, elle se ressaisit vite : c'est pour son bien!

Elle achète pourtant un gâteau, lui offre de chanter les Vêpres à Versailles. Rémy accepte. Son cœur est lourd, lourd... Il voudrait faire la paix, essayer de l'aimer. Leur morne promenade les conduit au Petit Trianon. La chambre de la Reine est telle que Marie-Antoinette la laissa pour toujours, ce matin d'octobre 1789, où « le peuple de Paris », vainement harangué par La Fayette, réclama le Boulanger, la Boulangère et le Petit Mitron. Le portrait du Dauphin, peint par Mme Vigée-Lebrun, ravive le chagrin du garçon. « – Moi aussi, semble chuchoter l'Orphelin, je suis né pour la solitude et la prison... Ton sort n'est-il pas préférable au mien? »

Le train est archicomble. Bousculée par un grossier personnage, Mlle de Terny doit une place confortable à l'agilité d'un tout petit scout, courtois et bondissant. Rémy a détourné les yeux, mais elle inspecte le foulard amarante, le blouson de grosse toile, les jambes nues. Une idée la traverse. Si elle lui disait : « – Rémy, sois franc. Parle, et tu partiras demain... » Il n'est pas bon qu'un enfant vive en état de mensonge. Elle hésite, frémit, se reprend. Le soir, elle se taxera de faiblesse, se gourmandera sévèrement. Quand on ne mérite pas ce que l'on veut, il faut se déclarer satisfait de ce que l'on a!

Lundi de Pâques, mardi..., jeudi, vendredi... Les jours se traînent, les vacances s'achèvent. Quasimodo : arrivée de M. de Bretteville, retour de la Troupe. Riquet dépose un mot dans la boîte aux lettres : une carte signée de tous les garçons du Loup.

Mardi 26, mercredi 27, jeudi 28 : rien. Au lycée Rémy n'a pas un ami. Personne à qui demander le moindre service, confier la moindre lettre. Mais la Patrouille a repris sa faction.

Vendredi 29. *La Croix* annonce en première page l'élévation de Mgr Thieulot-Darbois à l'Épiscopat. Le nouvel évêque sera sacré le 20 mai à Notre-Dame.

Mlle de Terny ouvre le journal, pousse un cri perçant, défaille, se retient à la table. Le soir, Rémy est autorisé à lire la biographie du prélat. Certes, l'article l'intéresse, mais pas autant que l'information transmise un peu plus bas :

« Son Altesse Sérénissime le Prince de Swedenborg est depuis hier l'hôte de la capitale. Reçu aujourd'hui par le Président de la République, le Prince offrira demain un déjeuner à la Légation, et paraîtra au thé qui sera donné en

son honneur dans les jardins de Bagatelle par le Ministre des Affaires étrangères et Mme Georges Bonnet. Une représentation de gala clôturera ces festivités à l'Opéra. (Havas.) »

Et le souper de Patrouille? Christian l'a vraisemblablement prévu pour après la représentation. A l'en croire, Eric ameuterait plutôt le quartier que de passer la soirée sans Rémy. On verra bien...

Samedi 30. Service de François qui réussit un joli coup. Il laisse avancer Rémy, toujours flanqué de la Cousine, compte jusqu'à trois, bondit, se précipite sur le garçon ahuri :

– Jacques, Jacques, n'oublie pas le dîner de ce soir!... Oh, pardon! Madame, excusez-moi... une erreur. Je me suis trompé...

Le reclus passe une journée difficile à décrire. Il ne peut tenir en place, s'attire une dizaine d'observations, toutes plus justifiées les unes que les autres. Imperturbable, Mlle de Terny le prend en charge à la sortie. Le métro, la cité Vaneau, les devoirs, le couvert... Rémy casse une assiette, renverse son verre sur la nappe.

Huit heures et quart. La Cousine fait sa vaisselle, sert la camomille.

Huit heures trente-cinq. Mlle de Terny met ses bigoudis.

Huit heures quarante. Vertement rappelé à l'ordre, Rémy commence une narration. Hortense ausculte la *Sonorette*, avant d'épucer Mistigris.

Huit heures quarante-cinq. l'enfant éclate en sanglots. La Cousine s'en mêle, exige l'explication de ce désespoir imprévu.

– Rémy, qu'est-ce que tu as? Rémy, réponds! Rémy, qu'as-tu?

La réponse n'est pas faite pour arranger les choses :

– J'en ai marre! hurle Rémy. Marre, marre!

– Par exemple! Au lit, mon garçon, et tout de suite! En voilà des façons!

Rémy ramasse ses cahiers, son porte-plume, cesse tout à coup de renifler, sèche ses larmes : il a reconnu le klaxon de l'Hispano. Délaissant toute prudence, il se rue à la fenêtre. La voiture est en bas, Joseph vient d'ouvrir la portière.

Pâle d'indignation, Mlle de Terny s'est précipitée à sa suite.

Elle aussi a vu Jospeh. Voilà les gens qui tournent la tête de son neveu. Ce domestique ose reparaître ici! Elle court à l'office, prend son plus gros balai, gifle le garçon au passage – il rit, le misérable! – et s'embusque sur le palier. La minuterie est en panne, le visiteur bute contre les marches.

– Coquin! s'exclame la Cousine, je vous avais pourtant défendu... Madame Durand! Madame Durand! Voulez-vous appeler votre mari, je vous prie? Qu'on jette cet homme à la rue!

Le visiteur marque une seconde d'hésitation, plisse un peu la bouche, poursuit son ascension. Le concierge sort de la loge, armé d'une lampe à pétrole, Mlle de Terny redouble d'invectives et de cris.

– Espèce de sale individu, voleur d'enfants, crapule! J'appelle la Police si vous ne passez pas votre chemin!

– Ma bonne Demoiselle!... profère simplement celui qui déchaîne un si grand courroux.

Ces trois mots auraient-ils une vertu singulière? La Cousine étouffe une dernière injure, écarquille les yeux, bascule son maigre buste par-dessus la rampe. En même temps, la lumière revient.

– Chère Mademoiselle, poursuit le voleur d'enfants, permettez-moi de vous présenter mes vœux...

Mlle de Terny a lâché son balai. En tablier de cuisine, caraco et bigoudis, elle recule épouvantée. Un cri s'étrangle dans sa gorge :

– Monseigneur!!!

– Je vous dérange peut-être?

La Cousine est à genoux. Mgr Thieulot-Darbois, Protonotaire Apostolique, Évêque Élu d'Hermopolis *in partibus infidelium,* futur Prince de l'Église, réprime un sourire et relève une femme éperdue.

– Monseigneur, Monseigneur, quelle effroyable méprise!...

– Chère Mademoiselle, remettez-vous...

– Monseigneur... Excellence!...

– Chère Mademoiselle...

Le Protonotaire est introduit au salon. Les tapis sont roulés, les housses sur les fauteuils. Plié en deux, Rémy ne peut maîtriser son fou rire. Paternel, le prélat lui pince gentiment l'oreille.

– Voilà le coupable! Voilà le garçon qui met Paris à feu et à sang! Veux-tu te taire, garnement, et tenir compagnie à Joseph un moment. Nous t'appellerons quand nous aurons besoin de toi... Chère Mademoiselle, poursuit-il en se tournant vers la Cousine qui se couvre d'une mantille, chère Mademoiselle, restez donc comme vous êtes : Marthe est toujours proche de Marie... Je désirais précisément vous entretenir de cet enfant...

6

LA DANSE DES TROLLS

– Jean-Luc, dit M. de Bretteville, si tu veux me faire plaisir, tu joueras du Beethoven, du Mozart, mais plus de Chopin.

– Oh Papa, pourquoi?

– Parce que cela te rend malade, mon petit, et qu'il faut t'aguerrir...

– C'est pourtant toi qui m'a appris à l'aimer!

Le diplomate se lève, appuie ses mains sur les jeunes épaules. Jean-Luc laisse aller ses doigts sur les touches nacrées. La pression se relâche, M. de Bretteville caresse les cheveux fous, relève une boucle dorée.

Jean-Luc sourit. Son Papa, son cher Papa, comme il l'aime! Et comme il sait désobéir! Il se carre sur la banquette, recommence à jouer le largo de la *Fantaisie Impromptue,* puis le début de la Valse en *la* mineur. Sa main gauche ressasse inlassablement la même plainte. M. de Bretteville fronce un peu le sourcil. Alors, Jean-Luc le regarde d'un air moqueur et attaque la *Marche Funèbre pour la Mort d'un Héros.*

– Je t'obéis, tu vois: c'est du Beethoven!

L'ambassadeur est pris à son propre piège. Battu, il regarde sa montre. Et soudain :

– Jeannot! Ton manteau, ton foulard, nous sortons!

– Tous les deux, Papa?

– Tous les trois. Marie-Françoise nous accompagne.

– Où donc?

– Mystère et discrétion. C'est une surprise.

– Oh Papa, dis-moi! Nous cherchons Rémy?

– Non, non, Monseigneur y est encore. Rassure-toi, Joseph le conduira... Va vite, ou nous serons en retard.

– Au cinéma?

– Non, non, tout à l'heure.

– Mon petit Papa, s'il te plaît?

– Tu n'as plus confiance en moi?

– Papa, oh Papa!

Jean-Luc embrasse son père et court se préparer. Le diplomate demeure au milieu de la pièce, les traits soudain durcis. Il appelle Marguerite.

– Joseph a bien sorti le cabriolet?

– Oui, oui, il est devant la porte.

– Alors, je m'habille et je descends. Soyez assez bonne pour prier Jean-Luc et Marie-Françoise de m'attendre en bas.

...L'auto glisse le long des rues mouillées, dragon noir parmi les feux follets. M. de Bretteville au volant, Jean-Luc se serre contre lui.

– Papa?

– Oui, mon chéri?

– Tu crois qu'un jour, je pourrai devenir un grand médecin, comme Monsieur d'Ancourt ou l'Oncle Bob?

– Aussi bien qu'eux, oui, mon petit. Tiens, regarde : voici la plus belle place du monde.

– La Concorde? Il me semble que c'est le cœur de Paris... Papa, qu'est-ce que la beauté?

– La beauté? C'est tout ce qui nous rend meilleurs. C'est chacun de nous lorsqu'il prie, c'est toi quand tu souris.

– Je t'ai rendu meilleur, moi?

– Mieux : tu m'as rendu bon.

– Moi, Papa?

– Toi-même. Ah, nous arrivons...

La voiture stoppe. Marie-Françoise descend la première, suivie de Jean-Luc et de leur père. Ils font quelques pas sur un trottoir, franchissent une grille, gravissent trois marches, suivent de longs couloirs et se retrouvent dans un véritable salon de poupée. Un mince grillage les sépare d'une salle de spectacle bourdonnante d'animation, plus qu'aux trois quarts emplie d'uniformes rutilants, d'habits chamarrés, de femmes endiamantées.

– Cette baignoire te plaît-elle? demande M. de Bretteville à son fils.

– Où donc sommes-nous? répond Jean-Luc stupéfait.

– A l'Opéra. De cette place, tu ne verras peut-être pas toute la scène, mais très bien la Loge Présidentielle. Également quelques jeunes gens installés près d'ici, et dont certains ne te sont pas inconnus. Quant à moi, mes agneaux, je dois attendre votre ami, et l'escorter jusqu'à sa loge. J'ai pu m'enfuir de Bagatelle, mais pas couper à la soirée. Amusez-vous bien. En cas de besoin, Marie-Françoise n'a qu'à me faire appeler.

Les petits s'installent. Jean-Luc questionne encore :

– Tu étais au courant? Tu sais à qui Papa fait allusion?

– Mon Dieu, oui, rougit-elle, ils sont déjà là.

Jean-Luc s'approche du grillage. A cinq ou six mètres de lui, tache claire sur les habits sombres, le Loup se prélasse aux fauteuils d'orchestre.

– Montre-moi Christian, sourit le Loulou-Joli.

– Attends... le troisième en commençant par la gauche, celui qui tourne la tête...

Marie-Françoise contemple la mèche rebelle et les yeux d'anthracite. Christian est à mille lieues de penser qu'il a touché le cœur de la petite fille, qui ne l'oubliera plus jamais.

– ...et voilà Philippe, continue Jean-Luc, le grand à la cordelière rouge et blanche. Dis, cela t'ennuierait-il de chercher le programme? Tu as de l'argent?

Marie-Françoise descend dans la salle. Elle porte une robe couleur de ses yeux, des souliers de même teinte, de fines socquettes, un ruban dans les cheveux. Jean-Luc est justement fier de sa petite sœur. En vérité, il est difficile d'être à la fois aussi gracieuse, aussi jolie, aussi simple, aussi bien habillée, aussi parfaite que le Loulou Joli.

Un brouhaha s'élève de la travée occupée par les scouts. Précédé de la classique ouvreuse, ébloui et rayonnant, Rémy opère une entrée fort remarquée. Tous se lèvent pour l'entourer, le féliciter, lui serrer la main. Debout au milieu du passage, Marie-Françoise rend grâce au Protonotaire. Après une visite au docteur d'Ancourt qui lui a présenté Christian, et une assez longue conférence avec la Scoutmaîtrise, M. de Bretteville a cueilli le prélat à sa descente de wagon, l'a dûment chapitré et remonté.

Eric, alerté par Christian, se proposait d'intervenir. Mgr Thieulot-Darbois, mené bon train par Joseph, a remporté la victoire. Anéantie, brisée, Mlle de Terny récite actuellement le Psaume 95: *« Chantez au Seigneur un cantique nouveau... »*

– Pardon, Mademoiselle...

Toute à ses pensées, le Loulou-Joli va se faire bousculer. Rémy l'aperçoit et vient vers elle. Sept paires d'yeux la dévisagent avec admiration.

– Jean-Luc? s'inquiète aussitôt le garçon.

– Il est ici. Tu veux le voir?

– Bien sûr!

Et elle le remorque vers la baignoire d'où son frère n'a rien perdu de la scène...

Le public commence à s'agiter. L'orchestre a depuis longtemps pris possession de la fosse. Avec une mignonne jumelle, Marie-Françoise fouille les recoins de la loge officielle. Mme Georges Bonnet émerge d'un lot de dames couvertes de plumes et de pierreries, le Ministre des Affaires Étrangères prend connaissance d'une dépêche apportée par un courrier, M. de Bretteville écoute un monsieur en barbe noire. Eric n'est toujours pas annoncé. Du bas de l'escalier d'honneur aux portes de la loge, les gardes républicains, casqués d'argent et culottés de blanc, attendent, sabre au clair, le moment de présenter leur arme.

Le Prince a vingt minutes de retard. Le gala était prévu pour 21 h. 30, les horloges marquent dix heures moins dix. Marie-Françoise passe la jumelle à Jean-Luc. Un remous se produit dans la loge officielle. Le Ministre entame une conversation des plus animées avec un personnage décoré qu'on dira tout à l'heure être le Préfet de Police. Le remous gagne la salle. Un bruit court des galeries aux balcons, des loges à l'orchestre. Eric n'est pas là, parce qu'on a tiré sur lui. On ne possède pas de détails, on ignore s'il est encore vivant. Jean-Luc et Marie-Françoise demeurent pétrifiés. Dans la loge officielle, le Ministre et M. de Bretteville ont disparu.

Rémy, expédié aux nouvelles, tombe sur Christian, qui le garde avec lui. Ils se dirigent vers la loge. A chaque pas, Christian doit montrer le coupe-file délivré par la Légation de Swedenborg. Eric, il ne l'a pour ainsi dire pas revu. Une brève poignée de mains au Bourget, une note exposant l'affaire Rémy rapidement enfouie dans la serviette de Jef, un clin d'œil à Nils, et c'est à peu près tout, puisque les trois garçons devaient s'arrêter quelques jours chez lui, sitôt terminé le voyage officiel.

Chemin faisant, la rumeur se précise : on a lancé une bombe sur sa voiture. L'auto a pris feu et les flammes ont été si violentes qu'aucun des occupants n'a pu échapper à la mort. Christian se sent devenir fou. Les voici quand même devant la loge, interpellant le premier uniforme qui leur tombe sous la main.

On les rassure un peu : l'attentat ne fait malheureusement aucun doute; mais les affirmations selon lesquelles la voiture aurait pris feu, sont dénuées de tout fondement. On ne quitte pas l'écoute du téléphone installé dans le vestiaire de la loge. Qu'ils attendent... Ah, voici des détails!... D'abord, ce n'est pas une bombe, c'est une grenade, lancée par la portière. Elle n'a pas explosé tout de suite, et de l'intérieur, quelqu'un a eu la présence d'esprit de la projeter à terre, où elle a d'ailleurs mal éclaté. Le Prince n'est que blessé...

Au même instant, un avis lumineux paraît sur le rideau. Un frisson parcourt la foule :

Excellences, Mesdames, Messieurs, le Ministère de l'Intérieur communique :

S. A. S. le Prince Eric de Swedenborg vient d'être victime d'un criminel attentat. Transporté à l'Hôtel-Dieu, le Prince y reçoit les soins les plus empressés. Ses jours ne paraissent heureusement pas en danger.

Excellences, Mesdames, Messieurs, nous porterons les nouvelles ultérieures à votre connaissance, au fur et à mesure de leur arrivée, et vous prions d'écouter l'Ouverture de Peer Gynt.

Le chef d'orchestre frappe vainement son pupitre. Les exclamations, les cris, les appels, couvrent les premières mesures de l'opéra donné en l'honneur du petit Norvégien. Christian veut se rendre sur place, prendre d'assaut l'hôpital. Il charge Rémy de réconforter Jean-Luc et sa sœur, de porter ces informations aux Loups, avec ordre de ne pas bouger.

Il saute dans un taxi, brandit son coupe-file, force les barrages. Indifférente à la pluie, éclairée par Notre-Dame illuminée en l'honneur d'Eric, la foule stationne devant l'hôpital. Christian joue alternativement du sourire et du coude, met dix minutes à obtenir un renseignement certain. Le Prince a quitté l'Hôtel-Dieu.

– Où l'a-t-on emmené? Et sa suite, qu'est-elle devenue?

– Tout le monde est reparti...

– Mais pour où?

– A l'Opéra, affirme un interne. J'ai entendu donner les ordres.

– Ils ne sont donc pas blessés si grièvement que ça?

– Le Prince a le bras un peu abîmé, les autres seulement des égratignures.

– A la porte, on parle de transfusion, d'opération...

– Si vous croyez ce qui se dit sur les places publiques!...

– Retournons à l'Opéra, conclut Christian.

...De la joie du Loup, il ne demeure plus trace. Jean-Luc se ronge les poings. Rémy fait la navette entre la baignoire et les fauteuils d'orchestre. Le rideau se lève sur Peer Gynt accompagnant sa mère dans la forêt. Les malheureux acteurs se heurtent à l'indifférence générale. De toutes parts, les jumelles sont braquées sur la Loge Présidentielle... L'acte se joue sans conviction, s'achève tant bien que mal : l'allégresse de commande des figurants rend plus sensible l'énervement du public.

A peine les lustres sont-ils rallumés, qu'un second avis paraît sur le rideau. On éclate en applaudissements : le Prince, très légèrement touché, sera là dans un instant. Le deuxième acte débute au milieu d'un brouhaha indescriptible. Les appels d'Aase ont succédé à la chanson de Solveig, la femme en vert a traversé la scène, et les Trolls commencent à envahir l'antre du Roi des Montagnes, lorsque la lumière, brusquement, revient. La salle est aussitôt debout, muette, tendue vers la loge où l'on attend. Le roulement des tambours déchire le silence, les clairons leur donnent la réplique. Soudain *il* apparaît dans son plus bel uniforme, tête nue, le Grand Cordon de la Légion d'honneur en sautoir, la toque, comme jadis Yngve le jour du sacre, sous son bras replié. Une ovation sans pareille naît, grandit, se prolonge et ne s'apaise pas. Il avance, il sourit, il salue de sa main valide. derrière lui, le Ministre pétrit sa pochette. L'hymne de Swedenborg retentit, suivie de la *Marseillaise.* Eric s'assied, s'installe et se relève : l'ovation a rejailli, inépuisable.

Accrochés au grillage, Jean-Luc et Marie-Françoise le boivent des yeux. Comme il paraît toujours simple, toujours à l'aise, toujours semblable à lui-même! Où est-il blessé? On ne voit rien... Et Jef, et Nils? Plus sérieusement atteints qu'on veut bien le dire?... Non, les voici tout au fond de la loge. Pauvre Nils : il a un joli morceau de sparadrap sur le front! Pour la première fois, Rémy contemple l'ami de Christian, le héros de tant d'aventures. Il se persuade difficilement que, ce soir-même, il soupera avec lui, lui parlera, l'approchera d'aussi près qu'il voudra.

Le tumulte atteint son paroxysme. Les scouts sont déchaînés. Résigné, le chef d'orchestre a reposé sa baguette. Eric commence à s'amuser : cette démocratie manifeste un fâcheux empressement pour les tyrans.

En désespoir de cause, le Directeur fait éteindre les lustres. L'obscurité transforme la clameur en délire. Les employés se demandent s'il ne serait pas prudent de commander des sandwiches. La lumière revient. Eric fait signe qu'il va parler. En dix secondes, la foule est calmée.

– Excellences, Mesdames, Messieurs, dit le Prince au micro que l'on vient de brancher, je suis vraiment confus de votre accueil. Je ne sais comment vous témoigner ma gratitude, vous exprimer ma joie d'être l'hôte de la République. Je me réjouis d'applaudir avec vous l'œuvre de Grieg,

et remercie d'avance cantatrices, musiciens et chanteurs que nous allons avoir le plaisir d'écouter.

Ce discours, inespéré, mais des plus goûtés, obtient enfin le silence. la représentation peut se poursuivre sans difficultés. La danse des Trolls, bissée, trissée, remporte le plus vif succès.

...Christian galope de nouveau à travers l'Opéra. Il montre patte-blanche et parvient jusqu'à la loge officielle, d'où il entend mourir les dernières acclamations. Impossible de tenter quoi que ce soit avant l'entracte. Ni même ensuite. A peine le Prince a-t-il donné le signal des applaudissements, que sa loge est envahie. Une mer humaine déferle dans le salon, submerge policiers, fonctionnaires, attachés de Cabinet. Eric reçoit d'un cœur égal compliments et félicitations. Nils a moins de chance avec son sparadrap; ces dames attendries veulent toutes le gratifier d'une caresse ou d'un petit baiser. Il a beau s'essuyer les joues, il dégouline de rouge à lèvres, et ne sait à quel saint se vouer. L'air féroce de jef éloigne de lui les moins enragés. Christian le happe par un bras, réussit à l'entraîner sur une banquette au velours fatigué.

– ...Tu n'as rien eu, toi?

– Rien du tout. C'est évidemment lui qui a pris. Revenant de Bagatelle, on avait passé un moment à la Légation. Départ pour le théâtre à neuf heures et quart. Motocyclistes devant, motocyclistes derrière, mais personne aux portières. Du côté de la Madeleine, à hauteur des *Trois Quartiers*, a précisé un agent, une glace de la voiture vole en morceaux. Je vois Eric balancer quelque chose par l'ouverture. Deux secondes plus tard, explosion, gerbe de flammes, etc... Un éclat rentre et le blesse au bras. Un bout de verre coupe Nils. Du triplex, pas grave... Mais Eric était plein de sang. Instantanément, coups de sifflet, arrêt, pagaye, gueulantes, embouteillage... Lui, il n'a craint que pour nous. Rassuré sur notre propre sort, il s'est inquiété des autres blessés. Une veine folle : de simples égratignures. Il a prié l'officier commandant l'escorte de faire relever les noms et les adresses, « afin de réparer de son mieux les dommages dont il était la cause ». Et puis, il s'est laissé emmener à l'hôpital. On lui a ôté l'éclat tout de suite. Il a beaucoup souffert, m'a dit Nils. Moi, pendant ce temps, je cavalais dans une voiture de police chercher une autre tenue. « – Messieurs, répétait-il, on m'attend. Soyez assez bons pour faire très vite... » Son sang-froid me bouleverse. Quand il arrive quelque chose, on a l'impression qu'il s'agit de tout le monde, sauf de lui... Car ce n'est pas fini. Et s'il n'y met bon ordre, ça se terminera mal!

Christian baisse le ton :

– Tadek, n'est-ce pas? Je l'avais pourtant prévenu!

– Évidemment! Là-dessus, bien malin qui connaîtrait le fond de sa pensée. Plus têtu qu'un poney!

La sonnerie, annonçant le troisième acte, fait refluer la foule. Christian abandonne Jef, rejoint la Patrouille. Rémy, voyant la neige tomber sur les sapins, songe à certaine expédition nocturne. De la baignoire, Jean-Luc et Marie-Françoise ne perdent rien de ce qui se passe dans la loge. Sitôt rendue la lumière, Eric quitte précipitamment sa place. S'en irait-il déjà?... On entend un fracas d'éperons, un cliquetis de sabres. La porte s'ouvre, Rémy qui revient, voit un peloton de gardes s'aligner le long du petit couloir. Le Prince viendrait-il jusqu'ici? Mais oui... le voici qui entre, escorté du seul M. de Bretteville. La porte est refermée sur eux.

– Marie-Françoise, fait Eric, quelle joie de vous revoir! Ses lèvres effleurent les doigts de la petite fille, qui plonge en une profonde révérence, il embrasse Jean-Luc sur les deux joues, tend la main gauche à Rémy avec cet air charmant qui n'appartient qu'à lui.

– Rémy de Terny, n'est-ce pas?

– Oui, Monseigneur, répond Rémy troublé. Il regarde le rouge de la Légion d'honneur, et cet autre rouge qui, sous la tenue blanche, fleurit le pansement.

– Dépêche-toi de m'appeler ainsi, car tout à l'heure, tu devras tutoyer Eric, frère Loup!

Il subit de la meilleure grâce l'inquiète sollicitude de ses amis, puis il prend Jean-Luc aux épaules, l'entraîne et l'interroge :

Jean-Luc baisse la tête.

– ...M'autoriseras-tu à lui parler un jour?

– ...

– ???

– ...Oui...

– Quand?

– ...Quand tu voudras...

– Ce soir?

– Si tu veux...

La conversation redevient générale. Eric s'invite pour le surlendemain rue de Varenne, et prend congé. Le même cérémonial préside à son départ. Il adresse des paroles aimables aux acteurs traditionnellement priés dans sa loge, et les chants du cinquième acte terminent le spectacle.

A la sortie, la foule s'écrase pour l'entrapercevoir. Une immense ovation marque son apparition dans le champ des projecteurs. Nils attrape une indigestion de gloire, mais jef tremble pour son Prince. Le magnésium crépite, cinéastes et photographes s'en donnent à cœur joie. Les motos pétaradent, la Police brutalise les badauds, l'Altesse monte en voiture et le chauffeur embraye.

M. de Bretteville, libéré d'un gros poids, remmène ses enfants, Rémy rejoint définitivement la Patrouille, que Christian empile dans deux taxis.

– Point de direction : ma chambre! ordonne-t-il au Loup débarqué boulevard Saint-Germain. Vous rappliquerez quand on vous demandera. Philippe, s'il te plaît, aide-moi à ranimer les parents!

Avertis par la radio, le Docteur et la Marquise d'Ancourt ont vécu des minutes épouvantables. Christian achève de les mettre au courant, avant qu'une édition spéciale du Journal Parlé ne publie le premier interrogatoire de l'apprenti-terroriste. Il a voulu libérer sa Patrie opprimée. Mais son état civil révèle un Swedenborgien naturalisé de bien fraîche date.

Le maître d'hôtel chargé de surveiller l'arrivée d'Eric, fait signe à ses hôtes. Cadillac et motocyclettes se rangent devant l'immeuble. La pluie s'est apaisée, la lune joue avec les nuages. Le second chauffeur se précipite pour ouvrir la portière, Jef saute à terre, Eric le suit, Nils ferme la marche. Les pages ont conservé leur uniforme, mais cette fois Eric est en scout. Un pansement lui recouvre presque le bras droit.

Le Docteur s'incline, la Marquise amorce une protocolaire révérence. Dans une seconde, la mère de Christian dira à l'ami de son fils : « – Mon Dieu, Eric, que nous avons eu peur! » et le père ajoutera : « – Je connais un garçon qui ne vit plus depuis trois jours! » mais avant d'étreindre l'orphelin, on désire rendre l'hommage dû au souverain. Seul Christian, à trois pas derrière M. d'Ancourt, comme le veut l'étiquette, ricane sans pudeur et brusque les politesses.

– Suffit pour aujourd'hui! Le commerce des grands, ça commence à devenir fatigant...

Nils exulte : la Marquise ne l'a pas embrassé! Christian, par contre, n'a point gardé tant de retenue. Aucune importance, puisqu'il est parfumé à l'eau de source, et ne vous colle ni poudre ni fard. Tout à l'heure, Nils a mis près d'un quart d'heure à se débarbouiller... Le petit garçon contemple enfin le père de Christian, ce médecin au visage rayonnant d'intelligence, aux épais cheveux gris. La Patrouille dégringole au salon, le Loup décide de marquer cette soirée d'un caillou blanc, Rémy et Henri sont aussi rougissants devant le scout à la tenue strictement réglementaire, au nœud d'épaule un peu fané, que devant le Prince à l'uniforme resplendissant. On boit un verre de porto, les parents s'éclipsent, le Loup passe à table. Lélo manque seul à la fête. Christian annonce sa venue au camp d'été où la Patrouille se retrouvera au grand complet, puisque les Norvégiens y sont expressément invités.

Le Loup tente vainement de lancer Eric sur le chapitre Tadek. Eric sourit et détourne l'entretien. Dessert, chahut, chanson, prière. Le Prince et les pages demeurent rue de Varenne, la voiture du Docteur dépose les Parisiens chez eux.

– As-tu sommeil? demande alors Eric à Christian.

– Moi? Pas du tout. Pourquoi?

– Parce que je voudrais te parler de Jean-Luc.

– Ah, ah! Patience et longueur de temps, comme disait ma grand-mère...

– Laisse cette dame tranquille et sois sérieux. Ce sera peut-être long...

Jef et Nils dormaient à poings fermés lorsqu'ils les rejoignirent.

TROISIÈME PARTIE

LA DÉCISION

1

STELLA-MARIS

La banque contrastait curieusement avec le client. Le hall était petit, sale, obscur, l'homme était grand, somptueusement vêtu, presque insolent. Il avait tiré un chèque à son ordre, dont il réclamait le payement. A l'appel du caissier, il ajusta son monocle pour compter une liasse de gros billets, et les plaçait dans sa serviette, lorsqu'un employé vint l'avertir que le Directeur l'attendait dans son bureau.

Le client manifesta un bref étonnement, puis se dirigea d'un pas plein d'assurance vers le cabinet directorial.

Deux hommes se levèrent à sa vue.

– Monsieur le Comte, dit l'un, tout cauteleux, excusez-moi pour le dérangement...

– Monsieur Tadek, prononça l'autre, on m'a prié de vous remettre certaines choses en mémoire.

Le comte Tadek se carra dans le meilleur fauteuil.

– Je vous écoute, répondit-il, hautain.

– Mon Gouvernement, reprit l'agent secret, a jusqu'ici réglé sans discuter. L'opération du 30 avril, soldée par un échec, a coûté fort cher. Aujourd'hui, l'affaire ne semble pas plus avancée. Or, vous vous êtes engagé à céder les bases navales de la Principauté avant le 25 août, dernier délai. Si cette promesse n'était pas tenue, votre compte cesserait d'être crédité, sans préjudice de quelques inconvénients sur la nature desquels je ne pense pas avoir besoin d'insister. Le total des sommes versées à ce jour atteint, non compris le montant du dernier chèque, environ soixante millions...

– Cinquante-neuf millions neuf cent quarante-trois mille six cents francs, précisa le Directeur, saluant tour à tour le parquet, M. Tadek et son interlocuteur.

L'ancien Ministre déboucla lentement sa serviette. Sa morgue se chargea de mépris.

– Je serai officiellement le 15 à Swendenborg, assura-t-il. Mes dispositions sont déjà prises. Je sais où *il* doit passer huit jours incognito la première quinzaine d'août. Voici les plans de la propriété, une vue générale de la villa, bâtie à l'écart sur la côte, entre Hyères et Toulon...

*
* *

– ...C'est Maman qui l'a nommée *Stella-Maris*, poursuit Jean-Luc. Et c'est Papa qui a voulu la Chapelle. Nous passons toutes les vacances ici ou au Chalet.

– En fait de villa, j'appellerais plutôt ça un château! Un appartement pour moi seul! Si Cousine Hortense le voyait, elle en ferait sûrement une maladie!

Rémy va de pièce en pièce, de terrasse en terrasse. Ils sont arrivés hier soir, et Jean-Luc lui fait les honneurs de la propriété. C'est une construction très moderne, élégante et luxueuse. Bâtie sur une éminence, une succession de terrasses fleuries la relie directement à la plage. Dominant la façade, une Vierge de pierre offre son Enfant à la mer. Un *chris-craft* et deux ou trois barques de pêche dorment dans un petit port privé, clos jusqu'à la limite maxima de montée des eaux. Toute la propriété est entourée de murs blancs, eux-mêmes truffés de portes basses.

Rex gambade autour des garçons qui visitent le terrain

de sport avec ses agrès, sa piscine – le chenil, les communs, l'écurie. Rémy en croit difficilement ses yeux. Depuis le soir où l'Évêque d'Hermopolis fit une si mémorable visite à la Cousine, sa vie a changé de couleur. Les scouts ne sont plus obligatoirement des voyous, les jeudis se passent officiellement rue de Varenne, et, ô miracle, Mlle de Terny a bien voulu autoriser les vacances en Provence. Rémy sera l'hôte de *Stella-Maris* jusqu'au milieu de septembre. M. de Bretteville sait ce que cela lui a coûté de sourires, glaïeuls, roses de mai, pois de senteur et pâtes de fruits! Mais le but est atteint : Jean-Luc aura son ami. Mlle de Terny avait préparé un invraisemblable trousseau que Marguerite s'est empressée de reléguer à la lingerie. Elle a pris ses mesures, et les deux garçons désormais pareillement habillés, paraîtraient frères, s'ils n'étaient de visages si différents. Rémy embellit, se transforme : rien de tel que le bonheur pour donner à une figure sans charme un soudain attrait.

Rémy possède cependant un costume de plus que Jean-Luc : son uniforme. Car la Troupe est attendue fin juillet. Avant de regagner l'Amérique, M. de Bretteville a pris rendez-vous avec la Scoutmaîtrise, et la Cour d'Honneur a choisi, pour lieu de camp, la pinède avoisinant la propriété. Rémy est ravi de retrouver sa Patrouille sans être obligé d'abandonner Jean-Luc. Jean-Luc, lui, éprouve des sentiments moins nets.

– Joseph, s'écrie-t-il en apercevant le domestique, as-tu prévenu Pascal?

– Oui, mon Jeannot. Il a promis de venir après dîner.

Pascal est un vieux pêcheur qui a connu Jean-Luc au maillot. Il l'accueille souvent dans sa moure (1), et lui fait prendre maquereaux, sardines ou rougets. Ce soir, il doit les emmener, tous les trois, du crépuscule à l'aube. Sa *Mouette* longe la côte, croise devant le village, vire de bord, repasse

(1) Sorte de grande barque pontée.

devant *Stella-Maris,* pousse jusqu'à l'extrême pointe d'un cap montagneux, surmonté d'une tour sarrasine. Les plages de galets alternent avec les entassements de roches escarpées. Une échelle de fer, haute d'une centaine de mètres, relie la tour à une crique minuscule, perdue dans les rochers. Entre *Stella-Maris* et le Cap-Mauve, s'étend la pinède où la Troupe doit s'installer.

Allongés sur le pont, les enfants contemplent les étoiles. Le ciel est lumineux, la mer phosphorescente. L'hélice, les poissons, un galet retrouvé au fond d'une poche et jeté à l'eau semblent éclairés par d'invisibles projecteurs. Pascal fume sa pipe, Marie-Françoise s'est roulée dans sa couverture.

– Tiens, fait tout à coup Jean-Luc, désignant une lumière brillant à mi-chemin de *Stella-Maris* et du village, il y a du monde à l'*Ensoleillade?*

– Comme!... (1) répond Pascal. Je te l'avais pas dit? Sûr qu'il y a du monde... Un infirme avec sa fille ou sa nièce... Paraît que c'est d'Anglais. Ils sont arrivés l'autre semaine...

– Et Gibert, et Popaul, et Ancò, ça va toujours?

– Vouëi que ça va! La mauvaise herbe pousse vite...

Ils rentrèrent à l'aube, burent gaillardement du café noir à la cuisine, se couchèrent aux premiers rayons du soleil.

Les jours coulaient comme un rêve... Un matin, Philippe sonna à la grande porte : la Troupe était là. Rémy abandonna sa chambre, sa salle de bains, son studio, sa terrasse. Le tapis de sol lui était plus doux que le sommier aux multiples ressorts. Une seule ombre à sa joie : malgré ses efforts, Jean-Luc refusait avec la même obstination de recevoir les scouts, Christian excepté. Il attendait Rémy chaque jour, après le déjeuner, et le garçon manquait rarement d'appa-

(1) *Comment!*

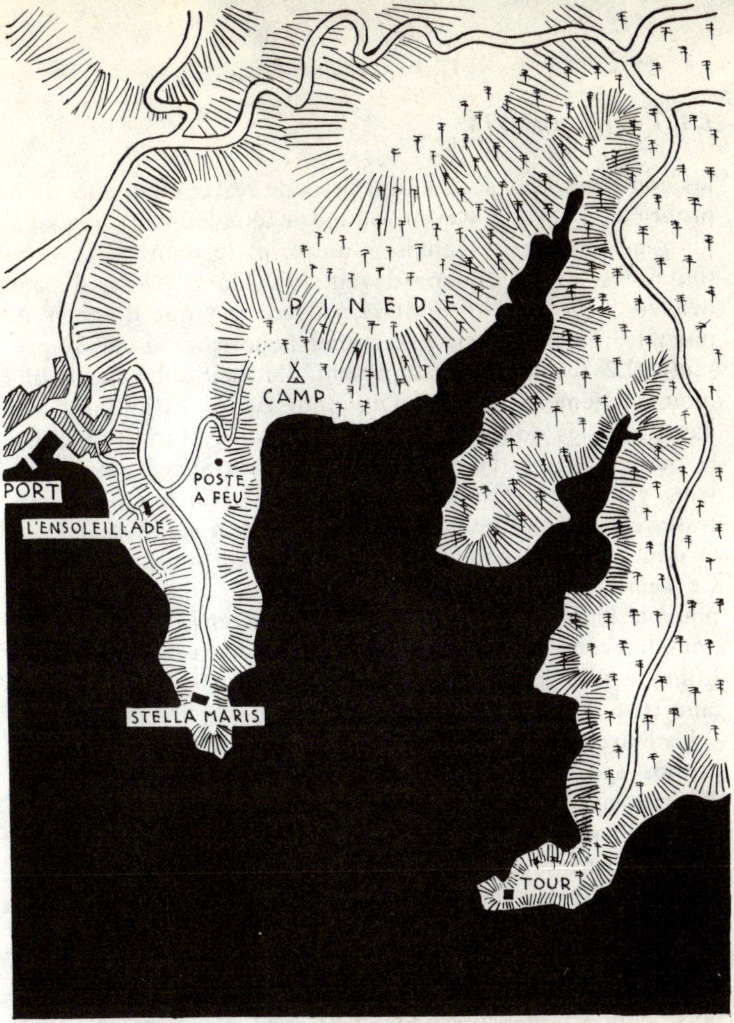

raître à l'heure de la sieste. Il racontait le camp, les surprises du concours, l'accord qui régnait au Loup, la venue d'Alain, heureux de reprendre sa place de Second, quoique C. P. à Toulon. Mais il passait soigneusement sous silence le petit discours de Christian le premier soir à la veillée. « – Sachez que l'on n'a pas choisi ce pays uniquement pour le point de vue, avait déclaré celui-ci. Vous avez entendu les consignes : les scouts sont priés de rester en dehors de la propriété. Pourtant Rémy se rendra tous les jours à la villa, j'irai moi-même de temps à autre, et le jeune Eric verra toutes les portes s'ouvrir devant lui. Alors? Alors, il s'agit beaucoup moins d'un mystère à découvrir, que d'une B. A. possible. Tâchez de ne pas louper l'occasion, si elle se présente. Le propriétaire est absent. Le vieil abbé qui habite momentanément la villa n'est pour rien dans l'affaire. Pas davantage les domestiques. Encore moins Marie-Françoise, la petite fille que l'on a croisée en allant au village, et que vous avez déjà rencontrée à l'Opéra. Celui qui nous intéresse, c'est Jean-Luc, son frère, que l'on n'approche jamais, et dont il ne faut même pas chercher à surprendre le secret. Ce secret, nous sommes plusieurs à le connaître, et à ne pouvoir le révéler – tout au moins pas encore. Seulement, nous fêterons le jour où Jean-Luc acceptera d'être Loup... » Loin de faire l'important, Rémy ajoutait : « – C'est le plus chic type de la terre, et je n'ai qu'un désir, vous l'amener. »

La Patrouille se rongeait de curiosité. Que signifiaient ces propos sybillins? Quel était ce garçon? Pourquoi, de la Troupe entière pareillement prévenue, le Loup semblait-il plus spécialement visé?

Les moins timides avaient bien tenté de faire parler le village, mais les indigènes ne savaient rien du « petit sauvage », et Pascal se murait dans un silence inquiétant. Les Trois Mousquetaires – ainsi surnommait-on le trio Gilbert-Popaul-Anco, toujours fourré près des tentes, cherchant le bois, goûtant la soupe, s'invitant à la veillée – les Trois Mousquetaires ne demandaient qu'à se transformer en agence de renseignements. Leurs sources s'avéraient malheureusement peu sûres, et leurs tuyaux décevants.

Le piquant, c'est que l'on apercevait presque tous les jours Jean-Luc dans son chris-craft. Une mince silhouette à l'avant du canot, qu'il manœuvrait en marin consommé, l'abandonnant parfois pour piquer une tête et lutter contre la vague. Les jumelles révélaient un adolescent souple, hardi, se confondant avec tous les garçons de la côte. Alain, cependant, en savait plus long que les autres. Chargé de repérer les emplacements de jeu, il avait visité un poste à feu, c'est-à-dire une sorte de hutte percée d'une porte et d'un « fenestron » par où les chasseurs, embusqués à l'intérieur, tiraient le gibier passant à proximité. Ce poste était construit sur une hauteur embrassant à la fois *Stella-Maris* et le camp. Lélo, poussant la porte, s'était brusquement trouvé devant Rex et Jean-Luc. Le chien veillait son maître endormi. Il vint flairer Alain et se rassit. Discret, Lélo sortit à reculons.

Jean-Luc s'éveilla peu après. Si Rémy omettait de lui rapporter certaines instructions de Christian, Jean-Luc lui cachait en revanche une notable partie de son emploi du temps. Rémy ignorait ses expéditions dans la pinède, ses fréquents séjours au poste à feu promu observatoire. Un soir, tapi dans l'ombre, il s'était efforcé de mettre un nom sur le visage des scouts réunis autour du feu. Le lendemain, à l'aube, il rôdait près des tentes, s'enfuyant au moment du réveil. Il aurait tant aimé camper, travailler, s'amuser, et il se terrait comme une bête, observant les campeurs avec des ruses de Sioux, se figeant ou détalant au moindre bruit...

*
* *

Le 2 août, Eric arriva avec trente-six heures d'avance sur l'horaire annoncé. Jean-Luc inspectait l'horizon du haut d'un pin, quand une voiture se dirigeant vers la villa apparut dans le champ de sa lorgnette. C'était un magnifique cabriolet Duesemberg, conduit par Jef, qui l'arrêta pile devant la porte. Nils sauta de voiture, tira la cloche. Marie-Françoise courut leur ouvrir, prit la place de Nils grimpé sur le marchepied, et les mena au garage. Jean-Luc les vit entrer dans la maison, puis en ressortir presque aussitôt. Ils mirent sac au dos, et prirent le chemin du camp. Ils avançaient, vêtus du même uniforme de toile claire, des mêmes socquettes blanches, du même foulard à nœud carré. Le soleil noyait leurs cheveux blonds. Ils passèrent sous le pin, et Jean-Luc se rappela longtemps le rire de Nils. Il entendit bientôt des exclamations, des coups de sifflet, des cris : la Troupe se rassemblait, enfin au grand complet...

Jean-Luc, abandonnant son perchoir, regagna tristement *Stella-Maris*. C'est là qu'Eric le rejoignit un peu plus tard.

– Je suis content de te revoir, lui dit le Prince. Je commençais à m'ennuyer terriblement de vous...

– Vraiment, Monseigneur?

– Vraiment, tête de pipe!

Jean-Luc sourit.

– Tu as fait bon voyage?

– Excellent. Et me voici déjà solliciteur. Tu verras les pages dès qu'ils pourront s'échapper, mais nous serions ravis d'être ce soir tes invités.

– Tu sais bien que la joie sera pour moi tout entière. Si Christian et Rémy pouvaient se joindre à vous...

– Le Chef ne refusera certainement pas... Tu m'accompagnes un bout?

– Je te dépose chez toi. Avec le *Poum*, il y en a pour cinq minutes.

Le chris-craft fendit une mer bleu tendre, çà et là assombrie par les algues, et stoppa à une dizaine de mètres du bord.

– C'est tout droit, fit Jean-Luc. Marche au Nord, et tu tomberas sur le camp.

Eric ôta ses chaussures, releva sa culotte et débarqua. Le canot, instantanément, s'éloigna.

– Merci! A ce soir...

– A ce soir...

...Maintenant, les scouts étaient réunis au coin du Loup. Le déjeuner de Patrouille devenait un déjeuner de Troupe,

festin impromptu en l'honneur des nouveaux arrivants.

– Raconte-nous ton voyage, demanda bientôt Patrick.

– Au fait, s'étonna Michou, c'est seulement demain soir qu'on vous attendait?

– On peut repartir, si tu y tiens... A part ça, Jef te dira que le départ était prévu pour demain matin, et par le train.

– Alors?

– Alors, j'suis-t'y en vacances, oui-z'ou non? J'suis-t'y dans le plus strict incognito, oui-z'ou non?... Nous avons débarqué hier après-midi, et pas seuls, je vous prie de le croire! Le Chef de ma Maison Militaire, un fier Colonel aux belles moustaches, le Chef de ma Maison Civile, sans moustaches, celui-là, le Chef de mon Secrétariat Particulier, deux officiers d'ordonnance, – plus toute une Mission Économique, avec Chefs, Sous-Chefs, Sous-sous-Chefs, techniciens, experts, interprètes, dactylos, bref une quarantaine de personnes, non compris mon chauffeur et mon valet de chambre, que Christian connaît bien. Moi, j'avais bonne mine, au milieu de cette assemblée! Tout ça, pour traiter une vague affaire de bois ou de pâte à papier que réglerait en dix minutes n'importe quel ingénieur ou Sous-Chef de Bureau. Avec vos histoires de démocratie, il faut une armée de gens chargés de rendre les problèmes les plus clairs, complètement insolubles. Naturellement, tout sera remis sur le tapis trois heures avant la fin, car d'ici-là, grâce au jeu normal des institutions républicaines, le Ministre, le Directeur, la sténo, l'expert ou la concierge auront été débarqués : en huit jours, il y a de quoi jouer sur votre scène politique six actes et vingt-cinq tableaux. Christian, ne m'interromps pas, c'est entendu, tout le monde sait que tu as voué un culte à Gambetta! Bref, je traîne une smala mourant d'envie de visiter Paris, et à qui je suis charmé de faire plaisir. Depuis que j'ai confié le portefeuille des Finances à un ancien escroc, on a diminué les impôts des trois quarts, les coffres regorgent d'or et de devises... Bon. En dépit de mes avertissements, la Légation me présente, d'un air enfariné, une interminable liste de courses, visites, réceptions, défilés. Histoire de passer à mes yeux pour autant de Law ou de Colbert, ils sabotent allègrement mes vacances et veulent que je m'empoisonne en leur compagnie. Je ne bronche pas, promets mes observations pour le lendemain matin, préviens Jef qui prévient Nils, et téléphone à Georges Bonnet. Je lui demande s'il peut me recevoir, il répond oui, j'y vais, je salue son épouse par la même occasion, et tombe sur le gosse qui avait des ennuis de chemin de fer électrique. Je lui propose mes services, farfouille dans les entrailles d'une locomotive que je parviens par miracle à remettre en état, et nous voilà tous deux à quatre pattes, éclairant les gares et manœuvrant les aiguillages. A brûle-pourpoint, Alain – il s'appelle comme toi, Lélo – me pose la question de confiance : « – Dites, Altesse, vous restez dîner? – Moi, je veux bien, mais tes parents ne seront peut-être pas d'accord... » Du coup, le mioche bondit chez sa mère. Tableau! Je partage donc leurs petits pois. Alain était ravi, moi aussi. Soudain, quelque part du côté des fromages, je me souviens qu'au programme des réjouissances du soir, figurait une loge pour les Folies-Bergère, l'Empire ou la Porte-Saint-Martin, je ne sais plus exactement. Escorté du Colonel et toujours dans le plus strict incognito, comme il se doit. Non, Riquet, les Folies-Bergère n'ont aucun rapport avec le Théâtre de l'Oncle Sébastien. Donc je m'excuse, je passe un coup de fil au traîneur de moustaches affolé, le presse de partir en lui promettant de le rejoindre Dieu sait quand, mais sûrement, j'achève de dîner, règle en deux coups de cuiller à pot les affaires pendantes avec cet excellent Ministre, le supplie de ne pas s'inquiéter outre mesure des éventuelles conclusions de nos Présidents, Vice-Présidents, experts, techniciens, etc..., présente mes hommages à la maîtresse de maison, donne mon adresse au jeune Alain, et file au théâtre. Le Colonel empestait le jasmin. J'applaudis une vague danseuse, prétexte une migraine et me retire. Le Colonel, navré, veut m'accompagner. Je l'en dissuade sans peine, lui souhaite une bonne fin de soirée, et lui recommande un peu de tenue dans les boîtes de nuit. Je le connais! A Swedenborg, on ne possède pas plus digne en magasin, mais je ne serais guère étonné qu'on l'ait ramassé ce matin dans les poubelles de l'*Éléphant Vert* ou du *Palais des Soupirs*. – Naturellement, je reprends de l'omelette. Plutôt deux fois qu'une! – Je rentre et dis à mon ange gardien...

– Ton ange gardien?

– Eh bien oui, le flic que vous entretenez pour veiller sur ma précieuse personne... il ne me lâche pas d'une semelle. Ce que ça peut être exaspérant! Des fois que Dany, pris d'une sainte ardeur républicaine, voudrait me faire un mauvais parti! Ça s'est déjà vu...

– Au fait, interrompit François, l'attentat d'il y a deux mois, on sait d'où ça vient?

– Du Tadek! râle Jef. Pas besoin de le demander. Celui-là, s'il me tombe jamais sous la patte, il en sortira les pieds devant! Eric lui tendrait plutôt le cou, en s'excusant de ne pas fournir le couteau. Regarde son bras: ce n'est pas encore fermé!

– Allons, calme-toi! Je dis donc à l'ange gardien qui avait probablement dîné par cœur tandis que je descendais les macaronis ministériels: « – Alors, vous tenez absolument à me suivre? – Évidemment, Monseigneur! – Ça ne peut pas s'arranger? – Hélas non, Monseigneur. Interdiction formelle de quitter Votre Altesse. – Où que j'aille? – Où que vous vous rendiez sur le territoire français, oui, Monseigneur. – Dans ce cas, mon pauvre vieux, gardez la voiture, faites-vous conduire chez vous, et préparez une valise. Nous partons dans trois quarts d'heure pour la Côte d'Azur! » Tête du gars! Là-dessus, j'alerte Erwin et mon chauffeur, pas celui de la Légation, le mien. Jef était prêt. Nils, habillé sitôt le dîner, roupillait sur un divan. Il n'a pas ouvert les yeux quand on l'a porté dans la voiture, et c'est le vent qui l'a réveillé. Entre temps, je me change, convoque l'officier de service, qui, faute de pouvoir satisfaire son bon plaisir attendait philosophiquement le mien, je lui précise mes intentions et le préviens que ça bardera si on m'embête durant le camp. L'ange gardien rapplique, je l'embarque avec Erwin et le chauffeur dans la vieille Sweda de la Légation, et moi, je prends le volant du cabriolet. On roule toute la nuit, Jef me remplace une première fois à Tournus, un temps splendide, une route parfaite, et nous voici. Ouf, j'ai tout dit. – A boire, François, je t'en supplie! – Mais il n'y a aucune chance de les voir apparaître avant la fin de la semaine! C'est-à-dire, si tout va bien, s'il y a suffisamment de garages sur la route et de chars à bœufs complaisants sur leur chemin.

– Dis, dis!...

– Dame! Tu ne te rends pas compte! C'est un produit Tadek, la Sweda. Ça marche à l'huile de phoque, ça n'a la traction que sur une roue, un carburateur de machine à coudre, des ressorts en ciment armé et le reste à l'avenant. Magnifique à voir, mais pire qu'un veau. En ville, et pour des parcours inférieurs à 800 mètres, ça peut tenir le coup. Mais sur route, c'est un désastre! Le comte Tadek, d'heureuse mémoire, s'était personnellement intéressé aux usines Sweda dès le premier mois de son Gouvernement. Résultat : cent millions de déficit la seconde année, et impossibilité de placer la camelote nulle part, même en Laponie. Aujourd'hui, j'ai rendu ce secteur à l'initiative privée, la Couronne encaisse, les industriels édifient des fortunes, le peuple s'enrichit, et la Sweda sera bientôt la première des supersousvoitures du monde scandinave. Quoi qu'il en soit, pendant que les autres s'amusent avec cette trottinette, ils n'ont pas le temps de s'occuper de moi, je vous le garantis!

– Et que vas-tu fabriquer d'une pareille escorte?

– Elle descendra à l'auberge du pays et commencera par me ficher la paix. Si ça lui chante, elle ira pêcher la crevette. Évitons les drames de police ou d'étiquette... D'ailleurs, les Altesses, ici, c'est fini. Le Chef a pris grand soin de me le rappeler!

Ce disant, Eric jette un coup d'œil goguenard au Scoutmestre qui le toise d'un air narquois. Les scouts les pressent aussitôt de questions.

– Tu t'es fait engueuler? demande Nils que l'événement dépasse, et dont les progrès en français, pour évidents qu'ils soient, n'en inquiéteraient pas moins les personnes normalement chargées de son éducation en général, et le Maître des Pages en particulier.

– Exactement!

– Et si tu recommences, ajoute Louis, tu peux toujours te brosser pour dîner ce soir avec Jean-Luc et le Loulou-Joli!

Eric approuve :

– Bravo, Chef, bravo! C'est ça, l'autorité!

– Enfin, que s'est-il passé?

– Michou?

– Oui?

– Suce ton pouce!

– Dis donc!

– Ça ne te rappelle rien?

– Si : ma jeunesse!

Ce fut dit avec tant de conviction, que tout le monde se tordit

– Ballots! râla Michel, ballots, truands, chameaux!...

Et, d'un geste aussi prompt que prévisible, il lança le contenu de son quart au visage du plus impertinent.

Ce simple incident de frontières communiqua le feu aux poudres. Les quarts volèrent, l'eau gicla. Immobile, Patrick récitait du Vigny. Christian, justement soucieux de châtier le provocateur, se saisit du seau et en coiffa M. Jansen. La bagarre prenait belle allure.

– Faut ce qu'il faut, conclut philosophiquement le Chef. Soyons grands politiques. Approuvons ce que nous ne pouvons empêcher...

Le combat cessa, faute de munitions. On bâcla un armistice et on réclama le dessert.

– Je vais vous expliquer, reprit doucement le Scoutmestre, pourquoi Eric s'est vu menacer des pires sanctions...

– Ah, ah...!

– ...Il commençait à semer la perturbation dans sa Patrouille, au lieu d'adopter l'attitude modeste et repentante qui convient à un retardataire. En d'autres termes, Monseigneur chahutait...

– Lui?

– Lui-même, cher ami, lui-même!

C'était pourtant vrai. Deux ans plus tôt, Eric se montrait calme, lointain, un tantinet distant. Aujourd'hui, à peine un peu moins frêle, à peine un peu plus grand, il paraissait un tout autre garçon. Il racontait de telles histoires depuis son arrivée, que le Loup, sans crier gare, se métamorphosait en tire-bouchon. Les anciens demeuraient bouche bée, les nouveaux perdaient jusqu'au souvenir de la moindre gêne. Pauvre Eric, perdu à longueur d'année entre la barbe de ses Ministres et les moustaches du Colonel... Ces vacances lui étaient bien nécessaires. Il avait repris sa place dans la Patrouille, après François, avant Peau-de-Figue et Rémy. Quant à Jef, il réjouissait le Renard de sa présence et Nils faisait la joie du Lynx.

*
* *

Le calme finit par se rétablir. Au cours de l'après-midi, Christian sollicita une audience du Chef, tint un premier conseil avec lui, un second avec Eric, Lélo et Rémy, puis réunit le Loup qui se livra aussitôt à des travaux inaccoutumés. A huit heures précises, Eric, Jef, Nils, Christian et Rémy, sur leur trente et un, franchissaient la clôture de *Stella-Maris*. Une heure plus tard, le reste de la Patrouille se présentait devant la villa, portant un volumineux paquet. Joseph, prévenu par Christian, les accueillit au premier coup de cloche.

François défit soigneusement le paquet. Un gâteau magnifique apparut, recouvert d'une crème battue en vagues et surmonté d'une étoile en carton doré. Des morceaux d'angélique artistement assemblés par Lélo formaient un JEAN-LUC des plus lisibles, que ponctuaient une multitude de petites croix potencées.

– C'est vous qui avez préparé ça? demanda Joseph avec admiration. Quelle concurrence pour Marguerite!

Il débarrassa François, les mena dans un salon dont un panneau était de verre dépoli orné de fleurs incrustées. Derrière ce mur, les silhouettes des convives encore à table se profilaient en ombres chinoises. Joseph mit un doigt sur ses lèvres, et, désignant l'une des formes mouvantes, dit tout bas : « – C'est *lui*. Ne faites pas de bruit. Attendez-moi ici ».

Il assura le chef-d'œuvre sur un plateau, ouvrit la porte vitrée, ne la referma pas. Michel risqua un œil là où Joseph avait situé Jean-Luc. Il ne vit qu'une main brunie, jouant avec un godet de cristal.

Comme ils parlaient et criaient tous ensemble, on les comprenait mal. Mais quand le silence tomba, on entendit Jean-Luc.

– Ça, dit-il, ils connaissent mon nom?

– Dame! répondit Christian. Cette planète est peuplée de gens qui ne pensent qu'à toi.

– Ils sont chics, en tout cas...

– Sans doute n'ont-ils pas encore quitté la villa. Peut-être désires-tu leur offrir deux doigts de ce somptueux malaga?

Michou détourna son regard : la main trop nerveusement refermée sur le godet, l'avait brisé. Une goutte de sang salit la nappe.

Le Loup retenait son souffle. Une petite voix rompit le silence à nouveau retombé. Une triste petite voix cassée, brève, hésitante :

– Joseph, tu leur diras que je les remercie, que je les remercie beaucoup..., et que je leur écrirai un mot. Je regrette, tu sais, je regrette tant...

La Patrouille se retira, silencieuse. Dehors, Alain cita Guillaume d'Orange : *« Il n'est pas nécessaire d'espérer pour entreprendre, ni de réussir pour persévérer... »*

...La manœuvre n'était cependant pas mauvaise. Mais à l'instant décisif, ses meilleurs alliés avaient abandonné Christian, personne n'osant joindre ses instances aux siennes. Il cacha du mieux possible sa déception, et tenta d'alléger l'atmosphère brusquement alourdie. Eric, navré d'avoir à ce point manqué d'à-propos, se mit au piano. Les chants emplirent bientôt la pièce et le nuage se dissipa. Jean-Luc lui succéda. Rémy entendit à nouveau la mystérieuse musique qui avait bercé son premier sommeil au Chalet.

– ...Le château vide, les étangs glauques, le manteau noir... C'est le Prélude de Chostakovitch...

Vint le moment des adieux. Eric obtint l'autorisation de rentrer le dernier. Jean-Luc et lui s'accoudèrent à la terrasse, face à une mer d'ardoise.

Jean-Luc regardait, sans les voir, les feux d'un paquebot cinglant vers la Corse. Une odeur de magnolia montait des jardins.

– A quoi penses-tu? demanda Eric à voix basse.

– Au jour où j'ai connu Rémy. Au jour où j'ai connu Christian. Au jour où je t'ai connu...

– Tu le regrettes?

– Oh non! Vous avez été tellement gentils! Si tu voyais le plaisir de Papa! Aussi grand que le mien...

– Alors, pourquoi t'entêtes-tu? Pourquoi crois-tu les autres si différents de nous?

– Je ne sais pas. Je ne sais plus...

Le paquebot disparut dans la nuit. Chez Marie-Françoise, la lumière s'éteignit.

– Bonsoir, fit Eric. Je reviendrai demain.

Jean-Luc lui serra la main en détournant la tête, car il avait les yeux pleins de larmes.

2

LE PRINCE MASQUÉ

Gilbert escaladait le sentier menant à l'*Ensoleillade*. Il avait pris l'habitude d'y venir chaque jour, seul ou avec ses copains. Non que les hôtes fussent particulièrement sympathiques, mais ils achetaient très cher le poisson du trio, et offraient des cigarettes au miel. La première fois, les garçons s'y étaient rendus « pour voir », proposant une pêche en vérité peu fameuse – rien que du poisson blanc, – et n'avaient manifesté aucune surprise du « – Merci, je n'ai besoin de rien! » opposé par la jeune femme.

– Quand même, elle est pas beaucoup aimable, cette dame! se contentait de déclarer Popaul en redescendant la côte.

Mais un appel plus gracieux leur faisait rebrousser chemin. L'Anglaise les introduisait auprès d'un homme sans âge, recroquevillé au fond d'un fauteuil, deux cannes à portée de la main: l'infirme qui avait loué la villa pour l'été, et ne descendait jamais au pays.

L'homme les reçut si aimablement, payant le poisson trois fois sa valeur, et les encourageant à en apporter d'autre, que le trio se promit de revenir le plus souvent possible. Le regard voilé d'épaisses lunettes noires, Mr. Smith leur causait un indéfinissable malaise, mais c'eût été folie de repousser la fortune. Le père de Popaul exerçait l'honnête profession de gendarme. Habilement questionné par son héritier, il confirma la nationalité des occupants de la villa et révéla qu'en exécution d'instructions supérieures, il veillait sur leur repos avec une particulière vigilance. Toute méfiance écartée, ces jeunes gens provoquaient sans vergogne la générosité du mécène. Mr. Smith les questionna avec bienveillance sur leurs travaux, leurs parents, leurs jeux, puis, un jour, sur les scouts qui campaient à *Stella-Maris*. Du coup, les Trois Mousquetaires « – Vouëi! C'est comme ça qu'on nous appelle! » – n'avaient plus tari.

– Savez-vous, dit l'étranger, que le fils d'un de mes amis va bientôt les rejoindre? Ne lui parlez surtout pas de moi. Je me réjouis de le revoir et veux lui faire une surprise : il ignore ma présence ici.

Se déplaçant péniblement, Mr. Smith sortit une photo d'un dossier et la contempla, attendri :

– Tenez, le voici...

Averti le matin même de l'arrivée d'Eric, l'Anglais leur offrit à chacun un grand verre de whisky. Le trio, complètement rétamé, jura le silence, et promit un rapport quotidien. Les pièces blanches s'ajoutèrent aux pièces blanches. Le trésor des Mousquetaires s'arrondissait...

Ce matin-là, Gilbert était tout joyeux. Il apportait une belle murène, pêchée en amorçant des tripes de poulpe sur la jetée. D'ailleurs, Mr. Smith n'était pas difficile. Il acceptait indifféremment les rougets et les poulpes, les langoustes capturées dans les creux de rocher, les mulets du port, les gobies ou les rascasses.

– Vouëi! claironna Gilbert, je viens de le voir, votre petit collègue... Je sais pas ce qu'ils préparent, là-bas, au camp... je les ai entendus qui causaient comme ça... il paraît que cette nuit ils vont faire un jeu à travers la colline, même que c'est lui qui doit les attendre à un endroit. Un endroit qui z'y disent le poste à feu. Et puis, de là, il va partir seul dans le bois...

– Ah oui?...

L'œil de Mr. Smith s'était allumé. Son buste écrasé se redressait.

– Tu le connais, cet endroit?

– Et vouëi que je le connais! Même que c'est toujours là qu'on va pour tirer les lapins. C'est Popaul qui nous y mène. Comme son père est gendarme, vous comprenez, il le sait quand on peut y aller sans se faire choper!

Derrière ses verres, l'œil de Mr. Smith flamba.

– Écoute, Gilbert, nous aussi nous allons prendre part au jeu. Pour cela, j'ai besoin de tes camarades. Va les chercher, ce sera très amusant. Vas-y tout de suite, je vous attends.

Anco pêchait sur le port. Gilbert le trouva sans mal. Arraisonner Popaul fut plus difficile. Le garçon avait profité du sommeil d'un pêcheur pour lui emprunter son pointu (1) afin d'aller « faire d'oursins ».

Trois quarts d'heure plus tard, Gilbert bondissait enfin dans le bureau de Mr. Smith.

– J'ai mené les collègues. Y sont là, fit-il. J'y dis d'entrer?

– Bien sûr!... Alors, vous avez vu mon jeune ami?

– Il est brave!

– Asseyez-vous. Nadia, passe les cigarettes. Vous ne lui avez rien dit, n'est-ce pas?

– Nous, on n'y parle pas... il y a juste le grand qu'on y

(1) Barque de pêche à fond plat, utilisée en Provence.

cause des fois, et puis le tout pitchounet, celui qui z'y disent Nils...

– Eh bien! coupa Mr. Smith, voici ce que je vous propose. Il sera ce soir à dix heures dans le poste à feu, vous le certifiez?...

– Oh ça, sûr, sûr, comme je vous vois..., eh, ils en parlaient encore de ce matin!

– Nous allons lui jouer un bon tour. Je vous emmène tous les trois dans mon automobile, vous vous dissimulez adroitement, et lorsqu'il est en place, vous lui bondissez dessus, vous l'attachez et vous l'amenez à la voiture. Avouez que pour une surprise, ce sera une surprise!

A cette perspective, les Trois Mousquetaires sautèrent de joie. Popaul interpréta les sentiments du trio.

– Vouëi alors, vous en avez, des idées, vous, par exemple! Comme les gangsters au cinéma... Ça va être marrant!

– Oui, mais surtout ne lui faites pas de mal!

– De sûr qu'on va pas l'escagasser! Vous n'avez pas besoin d'avoir peur. Il se fâchera pas, au moins?

– N'ayez crainte! Il a un excellent caractère et adore les aventures, il sera ravi, au contraire.

– Alors, comme ça, ça va. Mais dites, avec quoi c'est qu'on l'attache?

– J'apporterai le nécessaire...

– Et puis, nous, quand même, on a le mouchoir et les ceintures!

– J'oubliais, ajouta Mr. Smith en leur serrant la main, vous aurez cent francs chacun, si tout se passe bien.

– ... Cent francs, répétait Popaul en revenant au pays, ça fait juste le prix de trois paires d'intégrales (1) Ces gensses, y z'ont beau être d'Anglais, y sont beaucoup généreux!

---

(1) Boules métalliques utilisées sur le mail, dans le Midi.

*
* *

... A vingt et une heures cinquante-cinq, Mr. Smith arrêtait sa voiture, roulant sans phares ni lanternes, dans un petit chemin encaissé au milieu des buissons. Lunettes en poche et monocle à l'œil, il paraissait particulièrement en train, mais si les Mousquetaires avaient prêté moins d'attention à l'auto – un véritable bolide de course, racé, trapu, une deux litres 300 Bugatti carrossée en cabriolet, – ils l'auraient trouvé bien nerveux. Ils ne s'apercevaient pas que l'Anglais s'appuyait de plus en plus légèrement sur ses cannes. Popaul marchait le premier, écartant taillis et buissons. La lune démasqua soudain un amoncellement de branchages. Le mistral, soufflant depuis le matin, déchiquetait les nuages en lanières, avant de les entraîner vers la mer.

– Chut! souffla Popaul, faites gaffe, des fois qu'il y serait!

Mr. Smith s'immobilisa.

– Je vous attends là, dit-il.

Les garçons montèrent vers le poste avec des ruses d'Apaches.

– Pas d'histoire! articula Popaul. Y a qu'une porte et un petit fenestron. Toi, Anco, que tu es le plus minot (1), tu gardes le fenestron. Gilbert et moi on entre par la porte, on y saute dessus, et avant qu'il ait le temps de crier sébe (2), il sera fait comme un lapin. Allez, zou, en avant!

Le bois était à nouveau silencieux. Soudain, on entendit un cri étouffé. L'Anglais jeta ses cannes et risqua entre ses dents :

– Cette fois, je le tiens!...

---

(1) *Petit.*
(2) *Pouce.*

Déjà le trio réapparaissait entre les pins, remorquant péniblement le prisonnier.

– A la voiture! gronda Smith.

Les enfants triomphaient bruyamment. Ils déposèrent le petit ami à l'arrière, sur les coussins. L'Anglais leur tendit précipitamment trois billets de cent francs.

– Chut, chut, vous pouvez filer, merci!

– Comme! s'étonna Gilbert, vous le détachez pas?

– Tout à l'heure, répondit Mr. Smith, chez qui la question de Gilbert parut déclencher un curieux réflexe. Sans un mot, il avança la main vers la forme gisant sur la banquette, lui arracha sa coiffure et son bâillon. Une exclamation de stupeur lui échappa. D'un geste brusque, il fouilla dans sa poche, en retira une torche électrique dont il projeta le faisceau sur le visage du captif. Il poussa une seconde exclamation, assortie, celle-là, d'un horrible juron.

– Oïe, glissa tout bas Popaul, ça se gâte!

– Vise l'Angliche! appuya Gilbert.

Le prisonnier appelait au secours d'une voix terrorisée. Mr. Smith n'eut raison de ses cris qu'à grands coups de poing sur la bouche et sur le nez. L'enfant gémit et s'évanouit.

Cependant, le trio réalisait brusquement son erreur, et s'affolait d'être mêlé à si dramatique aventure.

– On s'taille? murmura Gilbert.

Mr. Smith ne leur en laissa pas le temps. Il se rua vers eux avec une agilité surprenante, et dans une de ses mains, Anco vit briller le canon d'un revolver.

– Dites donc, les gosses, s'exclama-t-il en un français guttural, fort différent de son accent habituel, il y a erreur! Ce n'est pas celui-là!

Popaul aurait donné cher pour être ailleurs. Anco se serrait peureusement contre lui, et Gilbert reculait, prêt à détaler au premier geste offensif.

– Pourtant assura Popaul, je croyais bien être sûr. C'est

que j'aurais mal compris. Celui que vous cherchez, il est à la tour sarrasine.

– La tour sarrasine?

– Oui, la grosse tour en haut du Cap Mauve. Ça peut être que là. J'ai pas pu me tromper deux coups de suite, quand même! Je vais vous dire comment je l'ai su...

– Il ne s'agit pas de ça. Puis-je y aller en voiture?

Popaul hésita une seconde.

– Vouëi, dit-il enfin. De sûr, ce sera guère commode, pourquoi (1) le chemin est beaucoup mauvais, et puis, ça monte.

– Par où passe-t-on?

– C'est pas tout près, pourquoi la route elle contourne les calanques...

– Où est-elle, cette route?

Popaul eut une lueur d'espoir. Il entrevit le moyen de se débarrasser d'une présence jugée de plus en plus inquiétante.

– Vous redescendez au pays, vous prenez la route de Cavalaire, le premier sentier à gauche, c'est celui de Cabassou : vous le prenez pas. Le deuxième, c'est celui de Léoube. Vous le prenez pas non plus. Le troisième, à droite, cette fois, c'est l'ancien chemin du phare. Vous le prenez. Après encore à droite, et puis après, vous trouverez. Vous pouvez pas vous tromper.

Mr. Smith sauta dans sa voiture, alluma les lanternes, recula, et, vingt mètres plus bas, exécuta un demi-tour impressionnant. Le bruit du vent couvrit bientôt celui du moteur.

(1) En Provence, « pourquoi » est fréquemment employé dans le sens de « parce que ».

*
* *

Du chris-craft, Jean-Luc avait aperçu un scout qui faisait des signaux sur la plage. Il se rapprocha et reconnut Christian. Rassuré, il se dirigea vers la côte.

Le Loup arborait son air le plus séduisant.

– J'ai à te parler, déclara-t-il dès qu'ils furent à portée de voix.

– A moi?

– Oui. Urgent, secret, confidentiel.

– On rentre à la maison?

– Si ça ne t'ennuyait pas, j'aimerais autant faire un tour dans ton croiseur.

– Alors, embarque...

Christian se déshabilla en un tournemain, nagea jusqu'au canot, et se hissa près de Jean-Luc.

– C'est difficile à conduire, cet engin?

– Bien sûr que non! Essaye, tu vas voir... Bien plus commode qu'une auto. D'abord, il n'y a pas de pédales, tout est sur le tableau. Ce truc-là, c'est l'embrayage. Tu tires à toi, c'est la marche arrière, tu pousses à fond, c'est la marche avant. Rex, reste tranquille!... Voilà la manette des gaz, l'accélérateur, si tu préfères, au centre du volant. Rémy a pigé tout de suite. Avant le camp, on allait chaque jour en mer. Un soir, il a même failli se retourner.

– Ça ne tient pas le coup?

– Mais si! C'est épatant, au contraire. Seulement, il a tourné au creux d'une grosse vague, au lieu d'attendre la crête. Il n'a pas recommencé... Tu comprends, il faut toujours se trouver face à la lame. Allez, accélère, on peut tenir le 70, il y a cinquante-cinq chevaux, tu sais... A part ça, *amigo*, que voulais-tu me dire?

– Puis-je te taper d'un service?

– Bien sûr, voyons. Tout ce que tu voudras!

– Parfait. Alors, je te prends ce soir à neuf heures à la villa.

Impassible, Christian regardait droit devant lui. Le mistral commençait à siffler, et des milliers de petites vagues écumantes, semblables à une armée de galères, couraient droit sur eux, giflant le pare-brise de fines gouttelettes scintillantes.

– Comment fait-on pour arrêter? demanda Christian, imperturbable.

– Coupe les gaz...

Christian eut l'impression que l'embarcation allait couler à pic. Le chris-craft avait stoppé en moins de dix mètres.

– Eh bien, ça prend moins de temps qu'une bagnole.

– Continue, je t'écoute.

Christian essaya d'un de ses sourires qui désarmaient amis, maîtres et parents, lorsqu'il avait treize ans.

– Écoute, mon vieux, débuta-t-il, jouons cartes sur table. Nous, nous voulons quelque chose, que toi tu ne veux pas. Nous, c'est Rémy, Eric et moi. Or, Rémy est un innocent. Jamais il n'osera te brutaliser; il aurait peur de te casser. Eric respecte trop la liberté individuelle et autres fariboles pour te faire le coup du lapin. Sorti de son boulot, ce satrape déteste fourrer le nez dans les affaires des autres. Passons Jef et Nils, reste moi. Donc, je te le dis et te le répète, tu es un ballot. Je n'ai pas l'intention de te prendre aux épaules et d'employer la force, seulement, on en a marre d'être de notre côté et toi du tien. Ce soir, on a combiné un grand jeu de nuit exprès pour toi. Une histoire de Prince Masqué lancé à la recherche d'une blonde héroïne prisonnière d'un quelconque Enchanteur. Le Prince, c'est Eric. Mais la première partie de son rôle est muette. N'importe qui peut la tenir à sa place. Fais-nous plaisir et viens. Parole de scout, mon vieux, hormis Philippe, personne ne le saura. Et Philippe est plus discret qu'un thon!

– Pourquoi un thon?

– Tu en as déjà vu, venir te faire leurs confidences?

– Idiot!

– Merci, continuons. Soit un jeune Prince se dirigeant vers le Palais de l'Enchanteur. Celui-ci possède de nombreux serviteurs chargés d'épier l'imprudent, et d'exiger un gage s'ils le surprennent. Autant de gages que de rencontres. Parvenu au Palais, le Prince doit subir le même nombre d'épreuves que de gages donnés. L'héroïne sera délivrée s'il triomphe de toutes celles qui lui seront imposées. Pour plus de commodité, et afin de ne pouvoir être reconnu, le Prince est masqué. Toi seul es capable d'aller du poste de chasse à la tour sarrasine sans te faire piper tous les dix mètres. Si un gars te barre la route, tu l'arrêtes, tu donnes le gage et tu repars. Pas besoin de prononcer le moindre mot. Une fois au Palais, c'est-à-dire à la tour, tu tombes sur Eric qui rentre en piste, et tu peux disparaître si bon te plaît. Alors, c'est oui?

Jean-Luc laissait pendre son bras dans l'eau. La mer devenait de plus en plus moutonnante, de plus en plus blanche. Le chris-craft roulait doucement sur une courte houle.

– Alors, c'est oui? insista Christian.

Sans répondre, Jean-Luc fit non de la tête. Et comme Christian le harcelait de pourquoi :

– C'est non, parce que ça ne se passera pas du tout comme tu le racontes. Quand je serai dans le bain, je ne pourrai plus m'en dépêtrer. Et ça, je ne le veux pas.

Christian lui saisit le poignet.

– Tu ne sais pas ce que c'est qu'une parole de scout. J'aurais honte de te mentir, l'honneur d'Eric vaut le tien, et Rémy ne t'a jamais trompé. Fais comme tu veux. Bien sûr, nous désirons t'avoir parmi nous, on ne cesse de te le répéter, – mais le jour où nous userons d'un moyen déloyal, ne figure pas encore au calendrier. Voilà. Pardonne-moi de m'être emporté et de t'avoir ennuyé. Je te rends le volant...

– Non, non, garde-le. Remets le contact...

Christian embraya. Le canot décrivit une courbe savante et piqua sur la plage. Rex, surpris du silence des garçons, vint se frotter contre eux. La côte approchait. Jean-Luc posa une main sur le volant.

– Christian?

– Ouais?...

– Je t'ai peiné?

– T'inquiète pas pour ça...

Jean-Luc soupira.

– Viens me chercher ce soir, dit-il enfin. Je t'attendrai à neuf heures.

*
* *

– Quand même, fit Popaul, ça a l'air d'une drôle d'histoire! Je crois qu'on devrait prévenir!

– Il veut peut-être en tirer rançon, suggéra Gilbert. Le jeune, il est riche. T'as vu ses larbins qui se reposent au pays.

– Et pis, y cognait sec!...

– On y va?

– Vouëi, que l'on y va! Zou, à la tour!... Les scouts y sont par là!

Ils se ruèrent à travers bois, butant contre les souches, se déchirant aux fourrés. Dix minutes de cette course folle les menèrent au cœur de la pinède. D'autres n'auraient pu aller aussi vite. Eux avaient l'habitude de la forêt, en connaissaient tous les détours, toutes les coulées. Sur leur passage, des buissons semblèrent remuer. Quelque part, une trompe, longuement, sonna. Claire en dépit de l'obscurité profonde, une forme se dressa verticale. Elle manifesta un mécontentement des plus vifs :

– C'est ça que vous appelez avancer en silence! De quelle Patrouille êtes-vous?

– Monsieur, Monsieur, souffla Popaul hors d'haleine, il y a l'Anglais qui vient d'enlever un petit!

– L'Anglais? Quel Anglais?

– Celui de l'*Ensoleillade!* Il l'a embarqué dans l'auto. Nous, on croyait que c'était un jeu, mais quand il lui a foutu sur la gueule, on a compris! Même qu'il nous a donné trois cents francs... Alors, on est venu vous prévenir. Les scouts, où ils sont les scouts?

– Mais, c'est nous! dit la forme. Tu ne me reconnais pas? Jef!

– Mon Dieu! glapit Popaul, quelle chance! Allez, zou, zou, faites vite, qu'autrement il nous l'assassine! Les yeux lui sortaient de la tête et il avait un revolver, qu'on aurait dit une mitrailleuse!

– Cet enfant qu'il a enlevé, c'est un scout? Vous l'avez vu?

– Eh, on sait pas! L'Anglais, il croyait que c'était l'autre! Dites, qu'est-ce qui va y faire, cet homme? On peut pas le laisser comme ça...

– *Du gode min!* (1) fit Jef, voyant aussitôt son Prince aux prises avec Tadek. Où l'a-t-il emmené?

– Eh bien, à la tour sarrasine! C'est moi que j'y ai dit que le collègue, il y était. Sûr, j'ai fait une cafouillade... Seulement, vous vous rendez compte!

Popaul paraissait profondément navré.

– Oh, bonne Mère, gémissait-il, qué pastis! Qué pastis!

Jef ne l'écoutait déjà plus, en proie à cette seule idée: Eric court un danger mortel, car l'Anglais, c'est sûrement Tadek! Il faut coûte que coûte arriver à la tour avant lui!

Échangées à voix de plus en plus haute, ces répliques avaient attiré une demi-douzaine de scouts, tapis à proximité. Ils entourèrent rapidement les Trois Mousquetaires.

---

(1) Miséricorde!

– Vite, dit Jef. Comment aller à la tour, comment y arriver avant l'auto?

– Avant l'auto? répliqua Gilbert. Comment vous voulez faire? Y a au moins trois kilomètres!

Mais Popaul l'écartait d'une bourrade :

– Eh fada, y a qu'à passer par la mer, avé le bateau!

– Vous, jeta alors Jef aux scouts, tous à la tour par les sentiers! Courez, courez, et prévenez les Chefs au passage. Gilbert, Anco, conduisez-les! Toi, viens!

Et saisissant le bras de Popaul, il l'entraîna vers la villa.

3

L'ÉCHELLE DE FER

Rémy avait accompagné Christian. Il passa son propre foulard au cou de Jean-Luc, et lui essaya le masque du jeune Prince. Avec un short de toile brune et un blouson, l'illusion était parfaite. Il aurait fallu le soleil de midi pour concevoir le moindre doute sur l'authenticité du scout au calot privé d'insignes.

Ensemble, les trois garçons gagnèrent le poste à feu. Là, Christian répéta ses explications. Au signal donné à son de trompe, Jean-Luc devait se rendre à la tour. Les Patrouilles échelonnées sur le parcours connaissaient le point de départ et le lieu d'arrivée, mais ignoraient l'itinéraire du Prince Masqué. C'est durant ce parcours qu'elles avaient toute liberté pour l'aborder et se faire remettre le gage prévu.

En voyant disparaître ses amis, Jean-Luc se sent le cœur affreusement serré. Une folle envie de s'enfuir, de rejoindre Marie-Françoise, le tenaille soudain. Il se veut courageux, arrive à maîtriser son trouble. Dehors, le vent courbe les pins. Assis dans la cabane, il perçoit un craquement de pas. Il se lève d'un bond, assure le masque sur son visage. Deux ombres, bouchant la porte, se dressent devant lui.

Jean-Luc pousse un cri. Il est aussitôt renversé, bâillonné, ligoté. Un troisième personnage s'agenouille sur son ventre et lui lie les mains. Des gars adroits, pas brutaux.

« – Les scouts... » pense-t-il. Et une immense amertume l'envahit. Elle valait cher, la parole de Christian!

Il se laisse traîner comme un colis, râclant les aiguilles, accrochant du talon les cailloux et les racines. Un détail brusquement l'étonne : ses ravisseurs ont l'accent méridional. Les considérant avec attention, il s'aperçoit, en dépit de la nuit, qu'aucun ne porte l'uniforme.

– Drôle de jeu!... soupire-t-il.

On s'arrête et on le remet sur ses jambes. Une voix sourde, gutturale, frappe ses oreilles. « – A la voiture! » ordonne-t-elle. Jean-Luc n'oppose cette fois qu'une faible résistance. Son masque, malmené par la lutte, l'empêche de bien voir. Il avance presque de bonne grâce, est soulevé de terre et basculé sur un siège. Un murmure confus parvient jusqu'à lui, puis une phrase étonnée, parfaitement distincte : « – Comme, vous le détachez pas? »

Après le chagrin, l'inquiétude. Jean-Luc sent la peur monter en lui. Soudain, une main gantée de cuir lui arrache son calot, son bâillon, son masque. Une lampe électrique l'éblouit. Il devine un homme scrutant ses traits, l'entend jurer et s'étonner.

Une terreur irraisonnée l'envahit. De toutes ses forces il appelle à l'aide. Furieux, l'homme lui martelle la bouche de ses énormes poings. Tout à coup, Jean-Luc le reconnaît et comprend. Christian n'a pas failli à sa promesse, Rémy ne l'a pas trahi. Le jeu est absent de tout ceci. Le Comte Tadek, croyant s'emparer d'Eric, vient de capturer son sosie d'une nuit. Poussant un gémissement d'horreur, il s'évanouit.

... L'auto suit la route de Cavalaire lorsqu'il revient à lui. Loin d'abandonner la partie, M. Tadek roule vers la tour sarrasine. Eric, rendu pour dix heures sur les lieux, va être pris. Sans défiance et sans armes, il ne sortira jamais vainqueur d'un combat par trop inégal.

« – Pourquoi m'a-t-il emmené? se demande Jean-Luc. Il n'a guère besoin d'otage, et je ne peux rien empêcher. Si seulement Eric était prévenu! »

Coup sur coup, M. Tadek s'égare deux fois. Il conduit à tombeau ouvert, virant à la corde et buvant les tas de pierres. Son hideux visage sue la violence et la haine. Un coup d'œil à son prisonnier lui apprend que Jean-Luc a recouvré ses sens. Il stoppe, lui met son revolver sous le nez.

– Si vous appelez, si vous bougez, si vous dites quoi que ce soit, je vous tue!

Jean-Luc frissonne. Mais il est brave. Se libérer afin de secourir Eric, devient son premier devoir. Vivre aussi gaiement au milieu de semblables périls, exige du Prince de Swedenborg une force d'âme peu commune. Jean-Luc en prend amèrement conscience. Auquel la vie demande-t-elle le plus de courage, au Prince jouant chaque jour avec la mort, ou à l'égoïste garçon rétracté dans son triste univers?

« – Tu es un lâche! se répète-t-il. Sauve-le ou meurs. Alerte la terre entière, si elle peut accourir! »

Il lui faut d'abord retrouver l'usage de ses mains. En promenant ses poignets sur le tapis de l'auto, il rencontre une arête vive et réussit à soulever la moquette. Le châssis offre ses angles tranchants. Patiemment, Jean-Luc frotte ses liens contre lui. Les cahots le meurtrissent, entaillant profondément la peau. Enfin, la cordelette cède, et le garçon savoure cet avant-goût de liberté. Par miracle, son couteau est encore dans sa poche. Il l'y laisse et attend.

L'ancien chemin du phare s'achève à quelque trois cents mètres de la tour. Le sentier, outrageusement étroit et rocailleux, force à terminer la route à pied. M. Tadek fait une sorte de tête-à-queue, ajuste sa torche dans la main gauche, son revolver dans la main droite, et descend. Il examine Jean-Luc, le croit maté en le voyant prostré, juge inutile de perdre un temps précieux à le rebâillonner, et fonce vers la tour.

Aussitôt, le garçon tranche ce qui demeure de ses liens et saute de voiture. Il regagnera *Stella-Maris*, Eric hors de danger ou vengé, pas avant.

Le mistral souffle lugubrement. La lune éclaire, sinistre et noire, une tour carrée surgissant entre deux nuages, d'un amas de rochers. A l'intérieur, bien abrité du vent, Éric attend le moment de subir les épreuves infligées au Prince Masqué. Mais la mort court à sa rencontre.

*
* *

Les dents serrées, livide, Jef dévale la pinède. Popaul n'arrive pas à le suivre. Tout en galopant un bon mètre derrière lui, il s'épuise en confuses explications que le grand n'écoute pas. Ils débouchent enfin devant la clôture de *Stella-Maris*.

– On escalade! crie Jef.

Déjà il se place de manière à faire la courte échelle à son compagnon. Popaul, habitué à ces sortes d'effractions, s'enlève et se trouve instantanément au faîte de la muraille. A son tour, il aide Jef à se hisser, admirant l'aisance du page qui opère un rétablissement sans effort. Le bruit simultané de leurs chutes fait crisser le gravier. Jef détale à nouveau. Ils franchissent à fond de train les terrasses successives. A la plage, ils tombent sur Marie-Françoise et Marguerite, attendant le retour de Jean-Luc et goûtant, malgré le mistral, la fraîcheur du soir. La petite fille reconnaît le page dont les cheveux blonds luisent au clair de lune.

– Jef, dit-elle surprise, qu'y a-t-il?

Elle n'obtient qu'une réponse évasive.

– On vous expliquera... pas le temps... je prends le canot...

– Un malheur, un malheur? s'affole Marguerite les bras au ciel.

Le page ne répond même pas. Entraînant toujours Popaul, il se jette à la mer, arrachant presque la mouille (1) de son fond vaseux. La chaîne, violemment tirée, jaillit hors du chaumard.

– C'est le petit que l'Anglais a enlevé... lance Popaul en ôtant l'amarre arrière.

Cette explication trop brève précipite Marie-Françoise à leurs trousses.

– Le petit, quel petit? supplie-t-elle, de l'eau jusqu'à mi-cuisses.

Mais le chris-craft auréolé d'écume, bondit dans un fracas de moteur déchaîné.

Popaul rugit quelque chose que la fillette ne comprend point.

*
* *

Arrivé seul aux abords de la tour, Eric dut franchir un amoncellement de pierres et de broussailles, avant d'y pénétrer. Au ras du sol, le vent faisait tournoyer les grains de sable mêlés à la rocaille. Semblable à une gigantesque coulée de lave, la mer cent mètres plus bas, mugissait inlassablement. Un peu en retrait, s'amorçait l'étroit sentier menant à l'échelle de fer qui reliait d'un jet le sommet du promontoire à la crique. Eric inspecta l'intérieur de la tour. Vieille de trois siècles, aujourd'hui vide de guetteurs, ses murs ne renfermaient plus qu'herbes et pierrailles. Une citerne bourbeuse recevait encore en son milieu l'eau de pluie, et un figuier quasi centenaire masquait un pan de mur.

---

(1) Corps mort, généralement gueuse de plomb, que l'on immerge pour service d'ancrage à une petite embarcation.

Eric s'installa à proximité de la tour, éteignit sa lampe et s'abîma dans la contemplation des étoiles. Allongé sur une roche plate, il oublia le jeu dans la Grande Ourse, et sema Jean-Luc dans la Voie Lactée. Le claquement d'un coup de feu le ramena sur la planète. Il se leva ahuri, interrogeant la nuit. A deux cents mètres, sautant de rocher en rocher, tantôt cachée par les nuages, tantôt révélée par la lune, une ombre se dirigeait vers lui. Au même instant, le son prolongé d'un klaxon, couvrit les plaintes conjuguées de la mer et du vent.

– Qu'est-ce que c'est que ça? fait Eric, se réfugiant instinctivement à l'intérieur de la tour.

A l'abri d'une meurtrière, il regarde l'ombre grandir et progresser. Trop haute pour un scout, trop lourde pour l'un des chefs.

– Mais... mais non, ce n'est pas possible... comment aurait-il su? Je rêve...

Au même instant, le bruit d'une voix hurlante succède à celui du klaxon. Eric pâlit en entendant, porté par le mistral, le nom qu'on accole au sien. Il veut fuir, bute contre une pierre et s'étale. Le temps de se reprendre, l'ombre illumine l'entrée.

– Si je sors, il tire... Impossible... La crique? Plus le temps de parvenir à l'échelle. Alors, alors...?

Alors Eric sait la mort très proche, puisque M. Tadek est là!

*
* *

Bouleversé, Jean-Luc court derrière son ravisseur.

Il clame à pleins poumons : « – Eric, Eric, attention! »

La tour est encore trop lointaine, le garçon trop essoufflé, pour que ses cris puissent l'atteindre, mais M. Tadek qui le précède d'une trentaine de mètres, les perçoit parfaitement.

– Sale petite bête! grogne-t-il. Il se retourne vers la silhouette gesticulante et s'arrête. Posément, comme à l'exercice, il ajuste l'enfant.

Le coup part, la mince forme noire s'abîme dans les ronces.

*
* *

Par deux fois déjà, le chris-craft vient de frôler des récifs menaçants, à peine entrevus parmi des franges d'écume blême. Les vagues, dressées par un sérieux mistral, semblent assaillir de toutes parts la petite embarcation. Les garçons sont aveuglés d'embruns.

– Le phare, le phare, allume le phare! hurle Jef.

Popaul va au tableau de bord, actionne des commutateurs, appuie sur des boutons. Un cône éblouissant jaillit du projecteur placé à l'avant du canot.

– Oriente-le! crie le page.

S'agrippant aux espars et aux taquets, Popaul, plus trempé qu'une soupe, se coule par-dessus le brise-lames, rampe sur la minuscule plage avant. Il rabat vers la mer le faisceau lumineux. La surface des flots apparaît grise, striée de jaune, moutonnante de vagues boursouflées accourant en une fantastique chevauchée.

Au loin, se profile le Cap Mauve, tout hérissé de rocs sombres.

Jef fonce droit sur la falaise. La violence du mistral, le creux accentué des lames, commanderaient à une embarcation aussi frêle de naviguer plutôt vent arrière, et de revenir ensuite face à la lame. Mais pour gagner Tadek à la course, il faut prendre la route la plus courte, et c'est pourquoi, tantôt sur la crête d'une vague, tantôt au creux, Jef avance sans la moindre prudence.

Le chris-craft, moteur lancé à plein régime, fend la mer à plus de 40 nœuds. Heureusement, Jef est bon marin. A Swedenborg, il a fait ses preuves dans la tempête.

– Attention à l'accostage! hurle-t-il.

Le canot, toujours lancé à une allure folle, vient de pénétrer dans la crique. Jef ramène l'accélérateur à zéro. Le *Poum* pique brutalement de l'avant, paraît s'engloutir, et s'immobilise, frémissant. La côte ne montre que des récifs battus d'embruns.

Jef tournoie vainement dans la crique hostile. Ce ne sont partout que rocs aigus aux déchirures profondes, lames échevelées battant des parois abruptes. La petite plage a disparu sous la montée des vagues. Le projecteur a bien repéré l'échelle, mais ne trouve pas les galets.

Les minutes s'écoulent et le page s'épouvante. Sur la falaise, on entend claquer un coup de feu.

– Ah! s'écrie Jef désespéré. Dire qu'on me le tue, et rien pour accoster!

– Qui c'est qu'on tue? beugle Popaul.

– Le Prince!... Le Prince de Swedenborg!

– Bonne Mère! C'est le Prince? Je savais bien qu'il était par ici, pourquoi mon père en a parlé à la Brigade, mais je savais pas que c'était lui! Celui-là, je croyais le fils aux *Dames de France!* (1)

Jef prend brusquement son parti.

– Sûrement, une ancre est à bord! dit-il en faisant voler ses souliers. Trouve-la, jette-la, amarre le canot, et éclaire la falaise avec le projecteur. Je vais rejoindre la côte et grimper à l'échelle.

En slip, mais conservant sa ceinture où pend un solide poignard norvégien, il se dresse sur le bordage mouvant et plonge aussitôt.

A cet instant précis, claque un second coup de feu.

---

(1) *Les Galeries Lafayette* du Midi.

... Habitué de longue date à fourrager dans des canots empruntés sans l'avis de leurs propriétaires. Popaul brandit bientôt l'ancre du *Poum*. Il la jette, déroule le filin, la fixe solidement à un taquet. Jef, à longs mouvements souples, s'est éloigné de plusieurs brasses. On sent que malgré sa peur atroce, le garçon a repris, au seuil de l'action, son calme et son sang-froid.

Manœuvrant le projecteur, Popaul le cherche parmi les lames entrechoquées. Il le trouve, éclaire un instant la falaise, revient sur lui et ne le quitte plus. Jef nage au jugé, aborde par chance sans contusions ni blessures : la fortune sourit aux audacieux.

– Fan de Chine! s'exclame Popaul, qu'est-ce qu'il a pédalé!

Rejetant de côté sa chevelure ruisselante, le page court sur les galets. Il atteint le pied de la falaise, la jauge du regard durant un dixième de seconde. La muraille se dresse presque en surplomb, hérissée de minces aspérités, roussâtre sous la lumière du phare.

Maçonnée dans la paroi, une mince échelle de fer l'escalade audacieusement, se perdant dans l'ombre. Jef l'empoigne, et commence une montée que son angoisse précipite.

A l'autre extrémité, un homme, encore invisible, s'apprête à la descendre.

*
* *

Eric examine froidement la situation. Fuir lui est impossible. Sur l'étroite falaise dénudée, sa silhouette accusée par la lune, sera une cible trop facile pour le revolver de M. Tadek. Où se tapir? La citerne est à moitié pleine d'une eau boueuse à souhait. Une seconde, il envisage d'y plonger. Mais les remous seront révélateurs : bien obligé de sortir la tête pour respirer! Il pense alors au figuier. En inspectant la tour, il a remarqué une étroite niche – vestige peut-être d'une ancienne meurtrière – que les larges feuilles luisantes dissimulent en partie.

C'est sa seule chance de salut. Comme un guépard, il grimpe en dépit des branches trop minces et particulièrement cassantes. Il se ramasse au fond de la niche, haletant.

Tadek fait irruption dans la tour. Eric le voit projeter le faisceau lumineux sur les pierres amoncelées. Immédiatement la citerne béante attire son attention. Il la fouille de sa torche, paraît la flairer. Pour mieux voir, il en fait le tour, s'arrêtant exactement sous l'arbre et tournant le dos à Eric toujours blotti dans sa niche.

Le Prince réfléchit avec une acuité intense. Nul doute qu'après avoir inutilement exploré les bas-côtés, Tadek n'éclaire le figuier. Eric sera démasqué et sa peau ne vaudra plus un centime. Se rappelant fort à propos les leçons de tactique du Général Gamelin, son Professeur, il songe que l'offensive est souvent le plus sûr moyen de défense. L'occasion est unique – il n'hésite pas.

Tadek a la sensation d'un lynx ou d'un jaguar lui bondissant tout à coup sur le dos. De surprise, il lâche sa torche. Sans s'éteindre, elle roule parmi les pierres. Mais le revolver reste solidement assuré entre ses doigts. Eric l'a pris à la gorge, cherchant à l'étouffer. Hélas! Ses mains trop fines n'arrivent pas à comprimer suffisamment l'énorme cou musclé. Gêné mais non étranglé, le Comte dirige son arme contre la bête collée à ses épaules. Eric voit le danger, comprend l'inutilité de ses efforts. Abandonnant le cou, il saisit le poignet et mord violemment la main. Sous la douleur, Tadek pousse un effroyable juron, appuie sur la détente. La balle se perd et on entend un plouf assourdi : le revolver vient de choir dans la citerne.

Eric reprend espoir. Contre un adversaire à main nue, il

se sent de taille. A nouveau il enserre de ses deux bras le cou de M. Tadek, et tente de le renverser. Il a compté sans son poids. Au cours d'une existence aventureuse, M. Tadek s'est plus d'une fois battu. Se laissant docilement plaquer, il écrase aussitôt le malheureux garçon. Extraordinairement leste en dépit de sa masse, il se relève, ramasse Eric tel une balle d'avoine, et l'emporte tout courant. Qui reconnaîtrait en ce vigoureux athlète, le bon Mr. Smith, podagre et cacochyme à souhait?

Broyé dans un étau de fer, à demi suffoqué, Eric essaye vainement de se dégager. De ses mains restées libres, il a beau cogner, frapper, griffer, M. Tadek ne lâche pas sa proie. Le souffle rauque et grommelant de sinistres imprécations, le Conseiller galope vers sa voiture, escaladant les roches, méprisant les ronciers. Eric parvient à lui saisir une oreille et tire de toutes ses forces. Du lobe aux trois quarts arraché, le sang jaillit. Alors, M. Tadek perd patience. Il abandonne Eric d'une main, et de son poing lancé en plein visage, l'assomme.

Maintenant l'adolescent ballotte entre les bras de son ravisseur comme une poupée de son. Une seconde, Tadek le pose à terre pour essuyer le sang qui l'aveugle. Eric s'est bien défendu. Tadek tâte sa face sillonnée de griffures sanguinolentes. Et toujours cette oreille qui n'arrête pas de couler...

– *Strbda Klosty...!* (1) jure le Comte dans son dialecte natal.

Il va recharger son fardeau lorsqu'une nouvelle forme surgit de l'ombre, l'assaille avec la férocité d'un chat sauvage.

C'est Jean-Luc qui n'a pas été blessé. S'écroulant au coup de revolver, à la fois par prudence et par réflexe, il est

(1) Malédiction! Ce garnement m'a mis la gueule en sang... J'en ai au moins pour quinze jours!

resté sur place durant quelques secondes. Il a vu Tadek reprendre sa course vers la tour. Affolé, il s'est rué lui aussi vers la construction massive. Un reste de sang-froid l'a stoppé. Que peut-il contre cet homme armé et jouant son va-tout? Alerter Eric, alerter la Troupe, donner l'éveil à tous, obtenir du secours – voilà la seule manœuvre sensée.

S'il crie, sa voix se perdra dans l'immensité, sera couverte par le fracas du flot et le hurlement du vent. Une inspiration merveilleuse lui fait rebrousser chemin : le klaxon... le klaxon de l'auto! Une voiture aussi rapide dispose certainement d'un avertisseur puissant, qu'on entend de très loin. Et le Prince, alerté par Jean-Luc, se réfugie dans la tour, tandis que la Troupe, accourant à toutes jambes, presse encore l'allure, à cette clameur aiguë, dont la persistance traduit l'affolement.

A tout hasard, entre deux feulements du klaxon, Jean-Luc donne aussi de la voix. M. Tadek écume, mais n'a plus une minute à perdre. Tout à l'heure, si les circonstances le permettent, il réglera son compte à cet affreux gamin...

Jean-Luc entend, éperdu, le second coup de feu. Perdant toute conscience du danger, oubliant qu'il ne peut vaincre dans ce combat d'aviso contre cuirassé, il se jette au-devant du meurtrier.

Eric gît sur le sol, inanimé. Jean-Luc frémit d'horreur, et saute sur Tadek avec une telle violence, que le Comte vacille. Sa stupeur, en reconnaissant le garçon, n'égale que sa fureur. De son poing refermé, il le frappe à la tempe.

Jean-Luc s'écroule à son tour.

... M. Tadek recharge le corps d'Eric, toujours inerte, et court vers la Bugatti. Derrière le rideau feutré des yeuses et des pins, on distingue déjà la galopade des scouts et leurs appels.

M. Tadek vide Eric dans le baquet, étreint le volant, tire la manette d'air, ouvre le contact, appuie furieusement sur le bouton du démarreur électrique. Le moteur s'emballe en de rageuses explosions.

Le Conseiller passe la première, embraye. La voiture s'élance, puis s'arrête sur place. Moteur calé, Tadek jure : une faute de débutant. La nervosité, sans doute. Il débraye d'un coup de pied, appuie derechef sur le démarreur. Le moteur tourne, entraîné, mais ne part point. A trois reprises, avec une nervosité chaque fois croissante, Tadek répète la manœuvre sans plus de succès.

Eric commence à sortir de son engourdissement, les scouts approchent. Domptant sa crainte, M. Tadek allume la lampe de bord, embrasse du regard les multiples cadrans qui garnissent le tableau de la Bugatti. Tout semble en ordre. Moteur point froid, réservoir bien garni, il en est sûr. Son œil s'attarde pourtant sur la jauge d'essence. Impitoyable, l'aiguille marque zéro. Par quel miracle, le réservoir où Mr. Smith a versé de ses mains, au moment du départ, soixante-dix litres de supercarburant, a-t-il pu se vider subitement?

Le Comte Tadek n'a point loisir de s'attarder sur ce petit problème de physique : ce n'est plus sa vengeance ou son ambition qu'il doit assouvir, c'est son propre salut qu'il lui faut assurer. Car les scouts sont là...

Il saute à terre. Côté forêt, la retraite est irrémédiablement coupée. La Troupe a déjà pris possession du terrain. Vers la mer, la falaise et cent mètres d'à-pic... Reste l'échelle de fer, dont il n'ignore pas l'existence. Ah, s'il avait son revolver! Il tiendrait tête à la meute, la Bugatti muée en forteresse.

Mais M. Tadek doit opter pour la fuite.

*
* *

Les premiers scouts atteignent la voiture. Eric en sort titubant. Christian se précipite pour le soutenir. Le Prince se dégage.

– Tadek, Tadek! crie-t-il. Rattrapez-le... il s'enfuit!

A cette même seconde, Alain bute contre Jean-Luc évanoui. Pendant qu'il le ranime, Christian, qui les a vus, s'engage, suivi d'Eric, dans le sentier conduisant à l'échelle.

– Il n'a pu s'enfuir que par là! clame Eric endolori, mais reprenant peu à peu ses esprits.

Christian amorce la descente, lorsqu'Eric le rattrape par la manche.

– Arrête!

Le ton est si bref, que Christian demeure figé sur place.

– Remonte! C'est moi qui vais descendre.

– Tu tiens à peine sur tes jambes!

– Cette affaire ne regarde que moi. Ce n'est pas Eric qui se bat, c'est le Prince de Swedenborg qui défend sa Couronne. Remonte. Je t'en prie, je te l'ordonne!

Christian obéit.

*
* *

Le Comte Tadek dévale les barreaux aussi vite que sa corpulence le lui permet. Cette échelle n'en finira donc jamais! Le mistral siffle à ses oreilles, sa blessure saigne sans discontinuer. S'arrêtant une seconde, il jette un regard au sol pour juger du chemin restant à parcourir. C'est alors qu'il aperçoit Jef, grimpant dans le rayon du projecteur fidèlement manœuvré par Popaul. La retraite est coupée! Tadek relève la tête : il voit une forme blanche qui descend vers lui. Une terreur l'envahit. Comment lutter d'une seule main, en se cramponnant de l'autre à cette échelle battue par un vent qui redouble? Chaque rafale risque de vous précipiter sur les rocs, dont les pointes se dressent comme autant de menaces.

L'ancien ministre a reconnu le page. Il sait sa force, et le devine prêt à tout. Néanmoins il aurait peut-être choisi de descendre – quelques coups de botte bien appliqués viendraient tout de même à bout du garçon! – si, en dépit des efforts de Popaul, le canot, embardant sous l'effet d'un coup de mer, n'avait brusquement dirigé le faisceau du projecteur vers le sommet.

Un instant, la vive lueur l'éblouit. Mais, poursuivant son ascension, le rayon plonge Eric dans un bain de lumière. Les mouvements malaisés du jeune Prince trahissent son épuisement. Tadek rugit de haine en le voyant. Il pense en avoir facilement raison. Au moins, perdu pour perdu, l'entraînera-t-il avec lui dans la mort.

Il remonte une dizaine de mètres. Brusquement saisi aux chevilles et férocement mordu, Eric s'agrippe de toutes ses forces aux barreaux. S'il a découvert, avec un soulagement mêlé d'inquiétude, Jef venant à sa rencontre, les nuages lui ont dérobé Tadek. D'un effort surhumain, il dégage une jambe et riposte à grands coups de talon. L'idée de son pied écrasant un visage lui donne la nausée, mais il continue de frapper. La mâchoire aux canines aiguës desserre son étreinte. En dépit du vent, le Prince perçoit le halètement d'un fauve aux abois. Lui-même se retient pour ne pas hurler de douleur.

Tadek modifie ses plans. Un coude replié sur le barreau et solidement campé sur ses jambes, il s'empare de l'autre cheville et tire à lui. Braqué sur eux depuis quelques secondes, le cône lumineux ne bouge plus que faiblement. Muet d'épouvante, Popaul, du canot, éclaire la scène. Eric s'arc-boute de son mieux, lance de furieux coups de pied de sa jambe meurtrie. Mais Tadek a incliné la tête, et le talon manque son but. Suspendu dans le vide, tiré vers le bas, Eric voit ses mains glisser lentement de la barre de fer. Une sueur froide mouille ses tempes. Il devine, au sommet de la falaise, les scouts anxieusement penchés sur l'abîme. Un cri, longtemps contenu, lui échappe : « – Jef, Christian, à moi!... » – puis il lâche tout...

*
* *

Lorsque, sous la violence des vagues, le phare a dévoilé les hauteurs, Jef a suivi du regard le faisceau lumineux. La vue de Tadek, si loin de lui, si près du Prince, efface sa joie de savoir Eric toujours vivant. Il assiste, impuissant, à leur lutte sauvage. L'ultime manœuvre du ministre félon le porte au dernier stade du désespoir. Il redouble de vitesse, escaladant les échelons avec l'agilité d'un singe.

S'écroulant sur son agresseur, Eric a néanmoins pu se raccrocher un peu plus bas; Tadek l'a saisi à la gorge. Jef pousse un hurlement inhumain. Une expression de fureur inconnue déforme subitement ses traits. Ce n'est plus le page ou l'ami, c'est le descendant des Vikings, le fils d'Eric le Rouge, qui gravit les derniers barreaux d'un élan désespéré. Il arrive au niveau des combattants. Eric, la face violette, va succomber. Jef lève le bras : l'acier du poignard brille le temps d'un éclair, disparaît dans la poitrine du Comte, à la place même du cœur.

Tadek ouvre la main, bascule, rejoint sans un cri le séjour de l'éternelle nuit...

S'appuyant sur Jef, Eric cherche son souffle et ne réagit pas encore.

– *Du kom i tide...* (1) murmure-t-il.

Mais Jef ne répond pas. Le regard fixe, il n'a d'yeux que pour le poignard où sillent des gouttes de sang. Avec horreur, il le rejette au loin.

*
* *

A peine le Loup a-t-il récupéré son Chef, qu'un cyclone dévaste la pinède. Une trombe humaine agglomère tous les

(1) Tu es arrivé à temps...

scouts ramassés sur son passage. Quelques mots cueillis au vol suffisent à Christian pour lui donner des ailes. Laissant Lélo s'occuper de Jean-Luc, il veut courir au plus pressé, c'est-à-dire rattraper Tadek. Suivi de Rémy, qui n'a rien remarqué, il précède Eric sur le sentier.

Empêché de descendre, il est d'abord resté près de l'échelle, se préparant à intervenir, malgré la défense qui lui en est faite. Et lorsqu'il voit son frère aux prises avec Tadek, rien ni personne ne peut lui interdire de voler à son aide.

Le cri d'Eric le touche à vingt mètres de lui! Il songe, désespéré, que si le Prince succombe, jamais il ne se pardonnera d'avoir obéi. Il descend en regardant le moins possible en dessous, car le vertige le prend dès qu'il baisse la tête.

Il arrive quand tout est fini. Henri a fixé un lasso à sa ceinture, avant qu'il n'enjambe l'échelle. Bravant le vide, il encorde Eric respirant à peine, Jef soudain grelottant, et les remonte. Derrière lui, les deux garçons grimpent aussi vite que possible, craignant, s'ils ne forcent l'allure, de défaillir avant la fin.

Le projecteur accompagne leur ascension, les abandonne une fois en sûreté et danse sur les galets. Il s'immobilise enfin. Et les scouts, du haut de la falaise, contemplent, tantôt découvert, tantôt giflé par le flot, le corps déchiqueté de l'homme trop longtemps pardonné.

4

LE SECRET DE JEAN-LUC

Rouvrant les yeux, Jean-Luc vit Lélo penché sur lui. La mémoire lui revenait lentement, et avec elle, une migraine atroce.

– N'aie pas peur, Jean-Luc, disait Alain. On va te soigner, ce ne sera rien, tu verras...

Il eut un dernier mouvement de recul, se leva avec effort, repoussa Lélo qui voulait l'aider.

– Merci. Je puis marcher...

Il revit soudain le petit Prince, inerte, emporté par Tadek.

– Eric! Eric, il est mort, n'est-ce pas?

Lélo ne le croyait point. Il eut un geste vague.

– Viens avec moi...

Les deux garçons se mirent à courir. Il semblait à Jean-Luc que sa tête pesait un poids énorme. Il entendait bourdonner mille cloches. Il butait à chaque pas. A vrai dire, il ne savait plus très bien où il était.

Ils furent dépassés par les Chefs, filant eux aussi vers la falaise. Dès le début, le Scoutmestre et Philippe avaient flairé quelque chose d'anormal. Au lieu du silence à peu près total prévu pour le jeu, le bois s'était empli de clameurs et de cris. Aggravant leurs soupçons, le coup de feu, bientôt suivi des appels angoissés du klaxon, les lança sur le chemin de la tour : bien sûr, c'était un nouvel attentat contre Eric.

Malgré l'ordre de Jef, personne n'avait songé à les avertir. Guidé par Anco, le Renard, successivement grossi du Lynx et du Loup, escaladait un raccourci connu des seuls Mousquetaires. Gilbert, aiguillant les retardataires, fermait la marche.

Épargnés par ce raz-de-marée, les Chefs ne purent qu'assister à la dure remontée.

Courbé au-dessus de l'échelle, un routier déroulait un lasso de secours. Philippe faisait reculer les scouts aux bustes dangereusement tendus vers l'abîme, ramassait Nils accroché à un semblant de gargouille...

Questions et réponses s'entrecroisent.

Rémy va de groupe en groupe, cherche partout Jean-Luc.

– Calme-toi... fait la voix d'Alain.

Son doigt désigne une ombre écroulée sur les pierres.

– Reste avec lui. Je reviens...

Il avertit Philippe.

– Ouvre ma trousse, dit l'Assistant. J'ai du Ricqlès. Qu'a-t-il exactement?

– Sonné par Tadek. Pas encore les yeux en face des trous...

Agenouillé près de son ami, Rémy lui parle à voix basse : qu'il se rassure, Eric est vivant.

Lélo apporte l'alcool de menthe, un bout de sucre. Ses gestes sont doux, presque timides.

Tous trois surveillent l'échelle, voient surgir Christian radieux, Eric très pâle, Jef claquant des dents.

Un silence subit...

– Vite, une pèlerine, un chandail... Vous voyez bien qu'il gèle.

On jette sur les épaules de Jef le blouson d'un Renard. Le page est sombre, plongé dans une sorte d'hébétude.

– Eric, questionne Dany, es-tu blessé?

Maintenant, Christian peut se soucier de Jean-Luc.

– Alain! appelle-t-il. Alain, qu'en as-tu fait?

Le garçon est toujours là. Un rayon de lune éclaire son blouson dégrafé, son short déchiré.

Christian s'approche, l'interroge :

– Tu m'en veux beaucoup?

Jean-Luc sourit tristement.

– Oh non, tu penses bien! Seulement, maintenant...

Nul ne prête attention à leur groupe. Tout le monde encercle le Prince et son page, personne ne remarque le mystérieux seigneur de *Stella-Maris*. Nils pourtant a suivi Christian. Son français envolé sous le coup de l'émotion, il se contente de sourire à Jean-Luc.

Mais le double pinceau lumineux d'une voiture en marche balaie la falaise. On entend le bruit du moteur. Jean-Luc sursaute.

– L'Hispano! Qui les a prévenus?

La voiture vire sur le terre-plein, s'arrête. La portière s'ouvre. Joseph descend, l'inquiétude peinte sur le visage. Il a confié Marie-Françoise à Marguerite, et marché au canon.

– Rien d'irréparable? demande-t-il.

– Non, non...

Louis se félicite de l'événement.

– Impossible de manifester plus d'à-propos! Vous allez conduire à *Stella-Maris* les deux héros de l'aventure... d'une aventure que je vous conterai tout à l'heure. Philippe, occupe-toi d'eux, accompagne-les. Moi, je remmène la Troupe.

– Entendu, dit Philippe, mais il faut battre le fer quand il est chaud. Empêche les garçons de se déshabiller, je t'expliquerai. Et si tu veux, la voiture en prendra trois, car il y en a un de plus que tu ne crois...

– Ah, ah!... D'où sort-il?

– C'est Jean-Luc. Ne t'inquiète pas, je te dis, je t'expliquerai. Il faut agir immédiatement. Pas demain, ce soir...

Les scouts entourent la voiture. Eric s'avance sans desserrer les lèvres, gravit péniblement le marchepied de l'Hispano. Jef le suit, tassé sur lui-même, les yeux baissés, ne parvenant pas à réprimer le tremblement nerveux qui l'a saisi dès que le péril s'est éloigné. Il s'assied, la tête entre ses mains. Jean-Luc arrive, réclamé par Philippe, escorté de ses gardes du corps. Il se réfugie dans l'auto, un peu comme un lièvre s'engouffre dans son terrier. Eric le case à côté de lui. Joseph, qui bouillait d'inquiétude, respire en retrouvant son jeune maître indemne.

D'autorité, Christian s'empare du premier strapontin.

– Je te confie les Loups, lance-t-il à Lélo.

Rémy coule des yeux suppliants vers le siège inoccupé. Il donnerait huit jours de vacances pour ne pas les quitter. Mais quelqu'un ferme brutalement la portière en disant : « – Toi, rejoins ta Patrouille ! » Rémy en pleurerait. Il part avec Nils, autre abandonné.

Pressés autour de la voiture, les scouts ont vu monter Jean-Luc. Leur étonnement s'accroît. Quel rôle a donc joué le petit Bretteville dans cette sombre histoire? C'est lui, cette forme déguenillée, vacillante, étroitement défendue par Alain et Nils, Rémy et Christian? Ils sont à la fois intrigués et déçus.

L'Hispano démarre.

– Jef, demande Christian, qu'as-tu?

Il allume le plafonnier, écarte les mains du garçon, découvre ses joues ruisselantes de larmes.

– Laisse, dit Eric. Jef, c'est ton bras qui a frappé, mais c'est ton Prince, ton Prince seul qui a tué. *Bide mig dit hand*...(1).

La dernière Patrouille abandonne la falaise, lorsqu'un cri jaillit des profondeurs.

– Oh, les collègues ! Vous partez?

Popaul a voulu connaître le dénouement. Il s'est courageusement mis à l'eau, a escaladé l'échelle interminable.

(1) Donne-moi la main.

Il dégoutte de partout, mais arbore son air le plus digne.

– Alors, vous partez comme ça? Vous paraissez pas vous douter qu'y a un mort en bas, quand même! Il faut prévenir la Brigade, faire les formalités, je sais ce que c'est, ça se passe pas comme ça... Et puis l'autre, sa nièce, qu'il disait, vous croyez pas qu'il faudrait s'occuper un peu d'elle aussi? Autrement, elle va cavaler, cette particulière... De sûr, qu'elle est complice!

– T'inquiète pas, concède Louis, j'irai cette nuit même à la Gendarmerie voir ton père. Veux-tu prier Pascal de remorquer le canot?

Rasséréné, Popaul enfile la chemise d'Anco, le tricot de Gilbert, et entreprend un récit circonstancié des événements. Les scouts écoutent bouche bée.

– Vouëi! commence-t-il. Quand le canot, il a démarré, y avait des vagues de plus de quarante mètres de haut!!!...

*
* *

Les bûches flambent gaiement dans la cheminée provençale. Philippe a pris la direction des opérations. Il commence par Jef. Un bain bouillant réconforte le page, lui rend son équilibre. Christian examine la cheville d'Eric.

– Vise-moi les crocs de Tadek! grogne-t-il. Et regarde ton nez! C'est une patate!

Jean-Luc, préalablement bourré d'aspirine, avale un vieux cognac. Sa pensée vogue du Chalet à la villa, de la pinède à la mer. « – Demain, pense-t-il, que ferai-je demain? »

On gratte à la porte. Rémy entre, un volumineux colis sous le bras. Jean-Luc rougit de plaisir, le houspille.

– Pourquoi nous as-tu quittés?

– Interroge celui qui m'a claqué la portière au nez. Voici un rechange pour Jef. Philippe, le Chef demande que tu lui fasses savoir le plus tôt possible si la Troupe peut ou non se coucher.

– Et Nils? dit le Prince. Où est-il?

– Ici. Marie-Françoise nous a barré le passage. Nils est resté pour lui raconter.

Joseph s'annonce à son tour.

– Monseigneur, ces Messieurs désirent entretenir Votre Altesse.

– Quels Messieurs?

– Ces Messieurs de la suite...

– Misère! Je les avais totalement oubliés!

– La barbe! hurle Jef.

– Écoute, Christian, dévoue-toi. Rassure la Police et promets-lui la médaille en chocolat. Pour le corps, qu'ils se débrouillent avec la Gendarmerie.

Jef s'habille. Christian, en ambassade, délivre Nils et rentre en se tenant les côtes.

– Tu sais ce qu'y me dit, le gars? Je le croyais au courant, aplati, bavant... Eh bien, il débarque d'excursion et ignore tout de la question. L'éclairage, paraît-il, inhabituel de la villa, l'a étonné, ce brave homme. Des fois qu'il y ait réception et qu'on ne soit pas sûr des invités... « – Je voudrais vous éviter le moindre ennui, vous comprenez... » En effet! Que serait-ce, si on en avait! Par ailleurs, le Chef de ta Maison Militaire a causé un affreux scandale au *Cygne-qui-se-cuite*. Paraît qu'il voulait enlever la danseuse. Tu ne seras jamais tranquille avec ces oiseaux-là! Enfin, Erwin se ferait volontiers hara-kiri à l'office. Je lui ai certifié de ta part que ça ne te rendrait aucun service... Et maintenant, fini de rigoler, passons aux choses sérieuses. Jean-Luc, mon vieux, que faut-il répondre au Chef?

*
* *

...Le Scoutmestre prit sa corne et sonna le rassemblement.

– Nous allons souper à *Stella-Maris,* annonça-t-il. Je ne sais si vous avez faim, mais moi, j'ai la dent. Départ en Patrouilles, on vous pilotera à l'entrée.

Ce ne fut qu'une demi-surprise. Point bêtes, les scouts s'y attendaient. Les Trois Mousquetaires bondirent de joie en apprenant que Jean-Luc comptait également sur eux. Ils se joignirent aux Loups, réduits à leur plus simple expression. Alain marchait songeur, étrangement silencieux. Popaul entreprit de lui confier la clef d'un mystère pour l'égayer.

– Vous vous doutez pas pourquoi l'auto du traître, elle a pas pu partir? Je vais vous le dire; quand il a tiré sur le petit de la villa, la balle a percé le réservoir. Alors, y avait plus que l'essence du carburateur. Avec sa lampe, votre Chef, il a vu le trou...

Rémy rêvait sous le porche. Il les introduisit dans un salon dont les trois baies donnaient sur une terrasse en fleurs. Suivirent le Scoutmestre, l'Aumônier qui avait passé la soirée chez un confrère et venait de regagner le camp, le Renard et le Lynx. Christian fit une brève apparition, ramena Philippe, Nils, Eric et Jef.

– Chef, dit Philippe, Jean-Luc va venir.

Un grand silence pesa sur les garçons.

– Jean-Luc va venir, répéta Louis. Eric lui doit la vie. Il est le meilleur ami de Rémy, le camarade de Nils, de Jef, de Christian.

La terrasse s'illumina: la clarté du jour... Une silhouette parut sur le seuil, celle d'un mince adolescent, tout bouclé, tout blond – aussi pâle que son costume de lin blanc. S'il tournait la tête, on admirerait un merveilleux profil. Mais il regarde bien en face, d'un regard qui ne trompe personne. Et ceux qui l'ignoraient encore, apprennent le secret de Jean-Luc. Sur son front, sa joue, son cou, s'étale une plaque rougeâtre, qui mord son visage, partage en deux sa figure. Le secret de Jean-Luc, c'est sa tache de vin.

Il pénètre dans la pièce. Il parle – et l'on devine son immense effort pour soutenir tous ces regards: « – Je vous remercie d'être venus jusqu'ici. Vous devez avoir faim. Passons à table... » Joseph ouvre une grille, tire un rideau.

Contraste inattendu, la salle à manger, s'éclaire à la chandelle. Surmontée d'un abat-jour de couleur, une bougie brûle devant chaque assiette.

Jean-Luc s'avance vers l'Aumônier, l'invite d'un geste plein d'élégance. Le Père prend place. Le maître de maison fait défiler tout le monde devant lui. D'abord les inconnus, Puis Eric, puis Jef, Christian, Rémy. Alain lui sourit : « – Tu me reconnais? – Oh, oui!... » Nils est très ému : il prend la main de Jean-Luc et la porte à ses lèvres.

Affamés, mal à l'aise, les convives font peu de bruit. Alors, Christian se lève, force Jean-Luc à l'imiter, entreprend le tour de la table avec lui. Quand il se rassied, le garçon, ravi, embrasserait la terre entière.

Le souper s'achève, entremêlé de bans et de chansons.

Au dessert, Joseph murmure à l'oreille de Christian :

– On vous appelle à la cuisine...

– Un nouveau drame?

– Non, non. Venez seulement.

Vaguement inquiet, Christian pose sa serviette. Les yeux rougis, la chevelure en bataille, un gros tablier bleu lui battant les mollets, Marie-Françoise aide à l'office. Pendant que ces Messieurs s'empiffrent, la fillette prépare les plats.

– Je voulais vous remercier, gazouille-t-elle. Oh, Christian, je suis tellement heureuse!... Si vous n'aviez pas brusqué les choses, jamais il n'aurait consenti!

– Moi aussi, je suis heureux, puisque le Loulou Joli est satisfait. Peut-être le serons-nous bien davantage dans quelque temps. Papa ne m'a jamais rien dit avant que je ne vous connaisse. Mais maintenant, il réussira, j'en suis sûr!

Marie-Françoise bat des mains et casse une assiette.

QUATRIÈME PARTIE

LE BONHEUR

1

– TE REVERRAI-JE ENCORE?

L'automne jonchait le parc de feuilles mortes. Jean-Luc les voyait voltiger de son lit. Rémy regardait les murs ripolinés, les meubles blancs. Demain, le docteur d'Ancourt opérerait Jean-Luc, demain cette chambre abriterait le nouveau visage de son ami. Depuis des années qu'il le soigne, le chirurgien a inventé une méthode neuve, mis au point des techniques nouvelles. Lentement, patiemment, il a préparé l'enfant à l'intervention décisive. L'opération sera longue, pénible, délicate, mais point dangereuse. Tout à la joie, Jean-Luc relit un télégramme expédié le matin même de Swedenborg, et le montre à Rémy.

Son ami ne peut se décider à quitter la clinique. Une crainte le prend, qu'il exprime à voix basse :

– Jean-Luc, quand tu seras guéri, te reverrai-je encore?

– Plus jamais, imbécile! Ce sera fini, fini...

Une sœur expulse Rémy. Par l'entrebâillement de la porte, il cueille un dernier sourire. M. de Bretteville vient vers six heures, repart à huit. Jean-Luc est seul.

Un curieux bien-être l'envahit. Il ne s'endort pourtant pas. Des images se succèdent sur le mur, devant lui. D'abord un champ de neige où se déroule un concours de ski. Le voilà tout empaqueté de foulards et de passe-montagnes. Avec Marie-Françoise, il a rejoint, pour quelques jours de vacances, son père, ambassadeur extraordinaire à Swedenborg. Il gagne un prix que le Prince doit remettre en personne. Il veut fuir et n'en a pas le temps. Une sorte de Maître des Cérémonies l'oblige à se découvrir, le pousse, pâle de honte, devant une Altesse impassible qui lui remet la coupe. Eric appelle Jef et parle une langue inconnue. Le page fait signe à Jean-Luc, l'installe dans le traîneau du Prince. Eric arrive, l'emmène au Palais, renvoie tout le monde, le garde à dîner. Moins d'une semaine plus tard, Eric, Jef et Nils sont devenus pour lui de vieux amis. On lui parle du Comte Tadek, on lui donne des photos, on le renseigne sur la Troupe et Christian. C'est le plus beau Noël de sa vie...

– Puisque tu connais le docteur d'Ancourt, téléphone de ma part à son fils, demande Eric. Tu ne le regretteras pas.

Mais, de retour à Paris, il n'a jamais osé!

Il revoit Rémy, rabroué par le chauffeur de taxi, le wagon où ils sont demeurés étrangers l'un à l'autre. Il revoit le Chalet, sa stupeur en apprenant le nom des égarés. Il les observe de la galerie, s'enhardit à les contempler durant leur sommeil. Quand Rémy a forcé sa porte, il n'a rien su lui dire. Dans les yeux du garçon ne passait ni répulsion ni pitié. Seulement de l'intelligence et de l'amitié. Oui, tout de suite, de l'amitié. Et il l'a laissé partir!

Les jours ont remplacé les jours, Rémy lui a évité toute peine, niant cette infirmité qu'il ne voulait pas voir. Souvent il a été sur le point d'abattre l'infranchissable barrière élevée par sa sensibilité trop vive, entre le monde et son mal. Fils d'un père moins riche, il n'aurait pu disposer d'un univers sur mesure, créé exprès pour lui – et cela, sans doute, eût mieux valu. Le vrai drame ne se jouait pas sur son visage, mais dans son cœur. Christian ne lui a point fait violence : il lui a fait toucher du doigt la réalité, il l'a laissé face à face avec ses responsabilités.

Jean-Luc revoit la fin du camp. Sans qu'il s'en doutât, sa place était marquée depuis le premier soir sous la tente du Loup. Il n'eut qu'à la prendre lorsqu'au lendemain de la nuit tragique, Alain vint le chercher après la Messe. « – Depuis que la Troupe t'attend!... » lui dit simplement le Scoutmestre...

Ce soir, il ne se révoltait plus contre son mal. Il acceptait même de ne pas guérir. Si le docteur d'Ancourt s'était trompé, s'il devait conserver cette horrible face, il saurait se montrer courageux...

Il s'endormit. Sa mère, venue bercer son sommeil, chantait encore sous ses paupières lorsqu'on l'éveilla.

Il s'étonna de son calme. Il passa sa robe de chambre, refusa le chariot et suivit l'infirmière en souriant. Dans la salle d'opération, M. d'Ancourt achevait de se laver les mains. Il tourna la tête vers Jean-Luc, paternel, sûr de lui. Jean-Luc sourit encore, grimpa seul sur la table, se laissa attacher sans rien dire. Le chirurgien enfilait ses gants. Un aide se courba sur l'enfant, murmura : « – N'aie pas peur... », et fit la première piqûre. Jean-Luc sentit l'aiguille pénétrer profondément dans sa chair et ferma les yeux...

2

NOUS MÉRITONS TOUTES NOS RENCONTRES...

La première chose qui s'offrit à sa vue en rentrant rue de Varenne, fut une immense glace, tenant tout un panneau du hall. Il examina longuement le garçon dont elle lui renvoyait l'image. Rex lui bondit aux épaules, recula en aboyant. C'est seulement à l'odeur qu'il fut certain d'avoir retrouvé son maître.

Jean-Luc naissait à la joie. Il appela Riquet, put joindre Rémy, lui donner rendez-vous au manoir le lendemain, qui était un dimanche.

...Cette matinée d'octobre évoquait les plus beaux jours de l'été. Jean-Luc sautillait d'un trottoir à l'autre, ravi du spectacle de la rue. Il croisa un garçon boulanger, le charcutier, toute une famille qui se rendait à la Messe. Le paroissien sous le bras, les enfants précédaient sagement leurs parents.

Jean-Luc était aux anges. Personne ne le remarquait, personne ne semblait lui prêter la moindre attention. Il se mira une seconde à la glace d'une pâtisserie, se vit sans béret, sans foulard, sans cravate. Désormais, il allait prendre le métro, l'autobus, aller comme tout le monde au stade, à la piscine... Que de fois, du fond de l'Hispano, avait-il aperçu des garçons de son âge, des fillettes aux yeux clairs, des hommes à la physionomie lumineuse, dont il aurait désiré l'amitié. Aujourd'hui, tout était permis...

Il formait de grands projets pour les mois à venir, bâtissait des programmes sensationnels. La vie serait un ravissement perpétuel entre la maison, le collège, la Patrouille et Rémy.

Il pressa le pas, n'ayant pas encore l'habitude des distances, heureux d'apparaître au manoir avant les autres. Une grosse dame venait à sa rencontre, remorquant un minuscule bout de fille qui tentait de dégager sa main. Au passage, Jean-Luc gratta les cheveux de l'enfant qui se retourna et cria d'un air outré : « – Oh, Monsieur! Kili-kili Bébé!... » La grosse dame se retourna aussi, et foudroya du regard Jean-Luc dont la joie redoubla.

*
* *

...Au manoir, Rémy l'attendait, anxieux de voir ce visage qu'il ne connaissait pas. Retrouverait-il les traits fraternels? Les yeux, du moins, ne pouvaient avoir changé...

Jean-Luc serait Loup comme lui, comme Christian, comme Eric. Rémy n'aurait plus besoin de se partager, de vivre dans la fraude. Il ne se reprocherait plus les camps du samedi, les réunions joyeuses, les grandes sorties – il ne serait plus torturé par le souvenir de l'ami solitaire en son jardin. Devant eux, désormais, la vie s'ouvrait comme un fleuve paisible roulant une eau limpide entre des berges ensoleillées...

Il alluma les lampes du coin de Patrouille, vérifia l'ordre de la bibliothèque, s'accouda à la fenêtre. La rue était tranquille et vide, éloignée du carrefour où l'on entendait bourdonner les voitures.

Une exclamation joyeuse passa ses lèvres. Au tournant de la rue, face à lui, se hâtait la silhouette attendue.

Un fil immatériel les relia soudain l'un à l'autre. Immobile, Rémy revit le livre du Chalet. Les mots dansèrent avant de s'assembler. Eux aussi avaient mérité leur ren-

contre. Jean-Luc accomplirait sa destinée. Il avait trouvé le bonheur et le lui avait donné. La vie pourrait tisser entre eux sa trame d'indifférence, elle ne piétinerait jamais leur enfance.

Rémy sentit une immense vague déferler sur lui. Quand elle se retira, il héla Jean-Luc à grands cris. Le jour tant espéré était enfin venu.

Dieppe, 1939
Cassis-sur-Mer - Paris,
juin - novembre 1946

FIN

de

LA TACHE DE VIN

POSTFACE

Vous venez de lire l'histoire de LA TACHE DE VIN, et vous constatez qu'elle se « termine bien ».

Ce que vous ignorez, c'est que durant des semaines, je n'ai pas su si Jean-Luc allait vivre ou disparaître. Je ne savais pas si, au lieu de s'achever dans la joie, l'histoire ne se briserait pas dans les larmes... Car les écrivains, comme les pères, ne sont pas maîtres des enfants auxquels ils ont donné la vie.

Ceux qui désirent absolument apprendre de quoi était encore menacé Jean-Luc, n'ont qu'à tourner la page. Pour les autres – les sages! – qu'ils renoncent à tout savoir : les cœurs simples ne s'aventurent pas volontiers sur les chemins bordés de cyprès.

S. D.

LA TACHE DE VIN

. . . .
. . . .

...Au manoir, Rémy l'attendait, anxieux de voir ce visage qu'il ne connaissait pas. Retrouverait-il les traits fraternels? Les yeux, du moins, ne pouvaient avoir changé...

Jean-Luc serait Loup comme lui, comme Christian, comme Eric. Rémy n'aurait plus besoin de se partager, de vivre dans la fraude. Il ne se reprocherait plus les camps du samedi, les réunions joyeuses, les grandes sorties – il ne serait plus torturé par le souvenir de l'ami solitaire en son jardin. Devant eux, désormais, la vie s'ouvrait comme un fleuve paisible roulant une eau limpide entre des berges ensoleillées...

Il alluma les lampes du coin de Patrouille, vérifia l'ordre de la bibliothèque, s'accouda à la fenêtre. La rue était tranquille et vide, éloignée du carrefour où l'on entendait bourdonner les voitures.

Une exclamation joyeuse passa ses lèvres. Au tournant de la rue, face à lui, se hâtait la silhouette attendue. Rémy la héla à grands cris.

Jean-Luc l'aperçut au moment de traverser. Un fil immatériel les relia soudain l'un à l'autre. Jean-Luc vit Rémy souriant, et lui sourit aussi.

Il avançait, les yeux levés vers la fenêtre. Il n'eut pas le temps d'apercevoir un taxi qui débouchait sur sa droite, et ne put l'éviter. Il tomba. Loin dans la rue, on entendit sa tête frapper le sol.

Rémy demeura une seconde immobile, le regard fixe, avant de se ruer dans l'escalier. Il appela Jean-Luc, ne le vit pas blessé. Mais il sut, en le prenant dans ses bras, qu'aucun espoir n'était possible, que son ami l'avait déjà quitté.

Il ne cria pas. Ses yeux buvaient le visage immobile, le sourire éclatant. Une immense vague déferla sur ses épaules. Quand elle se retira, Rémy était un homme.

Il revit le livre du Chalet. Les mots dansèrent avant de s'assembler. Eux aussi avaient mérité leur rencontre. Mais ils avaient vu plus loin qu'il ne fallait. Tout était déjà terminé. Jean-Luc avait accompli sa destinée. Il avait trouvé le bonheur, et le lui avait donné.

De toutes parts on accourait. Jean-Luc happé par des mains étrangères, Rémy demeurait agenouillé sur la chaussée. Les larmes ne mouillaient pas encore ses joues.

FIN

TABLE DES MATIÈRES

AVERTISSEMENT 8

Première Partie : LA RENCONTRE

1 – Voiture 7 – Lit 12 9
2 – *Montjoye* 19
3 – L'Incident 33
4 – L'Hôte invisible 49
5 – L'Indiscrétion 61

Deuxième Partie : L'AMITIÉ

1 – Intermède 69
2 – *Invalides* 89-22 77
3 – Première visite 89
4 – Mademoiselle de Terny, Mère de famille 97
5 – Le Protonotaire 111
6 – La Dansè des Trolls 123

Troisième Partie : LA DÉCISION

1 – *Stella-Maris* 139
2 – Le Prince masqué 159

LA TACHE DE VIN

3 – L'Échelle de fer 175
4 – Le Secret de Jean-Luc 195

Quatrième Partie : LE BONHEUR

1 – « – Te reverrai-je encore? » 203
2 – Nous méritons toutes nos rencontres 207

Postface 213

L'impression de ce livre
a été réalisée sur les presses
des Imprimeries Aubin
à Poitiers/Ligugé

pour France Loisirs

Achevé d'imprimer en mars 1985
N° d'édition, 10250 — N° d'impression, L 19796
Dépôt légal, mars 1985

Imprimé en France